U0045608
Kadokawa Fantastic Novels

Contents

熊熊勇闖異世界
18
くまなの
Illustrator029
Kadokawa Fantastic Novels

▶優奈 'S STATUS_

姓名：優奈
年齡：15 歲
性別：女

▶ 熊熊連衣帽（不可轉讓）
可以透過連衣帽上的熊熊眼睛看出武器或道具的效果。

▶ 白熊手套（不可轉讓）
防禦手套，防禦力會根據使用者的等級而提升。
可以召喚出名叫熊急的白熊召喚獸。

▶ 黑熊手套（不可轉讓）
攻擊手套，威力會根據使用者的等級而提升。
可以召喚出名叫熊緩的黑熊召喚獸。

▶ 黑白熊服裝（不可轉讓）
外觀是布偶裝。具有雙面翻轉功能。
正面：黑熊服裝
物理與魔法防禦力會根據使用者的等級而提升。
具有耐熱與耐寒功能。
反面：白熊服裝
穿戴時體力與魔力會自動回復。
回復量與回復速度會根據使用者的等級而提升。
具有耐熱與耐寒功能。

▶ 黑熊鞋子（不可轉讓）
▶ 白熊鞋子（不可轉讓）
速度會根據使用者的等級而提升。
根據使用者的等級，可以長時間步行而不會感到疲勞。具有耐熱與耐寒功能。

▶ 熊熊內衣（不可轉讓）
不管使用多久都不會髒。
是不會附著汗水和氣味的優秀裝備。
大小會根據裝備者的成長而變化。

▶ 熊熊召喚獸
使用熊熊手套所召喚的召喚獸。
可以變身成小熊。

技能

▶ **異世界語言**
可以將異世界的語言聽成日語。
說話時傳達給對方的內容也會轉變成異世界語言。

▶ **異世界文字**
可以讀懂異世界的文字。
書寫的內容也會轉變成異世界文字。

▶ **熊熊異次元箱**
白熊的嘴巴是無限大的空間。可以放進（吃掉）任何物品。
不過，裡面無法放進（吃掉）還活著的生物。
物品放在裡面的期間，時間會靜止。
放在異次元箱裡面的物品可以隨時取出。

▶ **熊熊觀察眼**
透過黑白熊服裝的連衣帽上的熊熊眼睛，可以看見武器或道具的效果。不戴上連衣帽就不會發動效果。

▶ **熊熊探測**
藉由熊的野性能力，可以探測到魔物或人類。

▶ **熊熊召喚獸**
可以從熊熊手套召喚出熊。
黑熊手套可以召喚出黑熊。
白熊手套可以召喚出白熊。
召喚獸小熊化：可以讓熊熊召喚獸變成小熊。

▶ **熊熊地圖ver.2.0**
可以將熊熊眼睛看到的地方製作成地圖。

▶ **熊熊傳送門**
只要設置傳送門，就可以在各扇門之間來回移動。
在設置好的門有三扇以上的情況下，可以透過想像來決定傳送地點。
傳送門必須戴著熊熊手套才能夠打開。

▶ **熊熊電話**
可以和遠方的人通話。
創造出來以後，能維持形體直到施術者消除為止。不會因為物理衝擊而損壞。
只要想著持有熊熊電話的對象就能接通。
來電鈴聲是熊叫。持有者可藉由灌注魔力切換開關，進行通話。

▶ **熊熊水上步行**
可以在水面上移動。
召喚獸也可以在水面上移動。

▶ **熊熊心電感應**
可以呼叫遠處的召喚獸。

魔法

▶ **熊熊之光**
藉由聚集在熊熊手套上的魔力，可以產生熊熊形狀的光球。

▶ **熊熊身體強化**
將魔力灌注到熊熊裝備，就可以進行身體強化。

▶ **熊熊火屬性魔法**
藉由聚集在熊熊手套上的魔力，可以使用火屬性的魔法。
威力會與魔力、想像呈正比。
如果想像出熊的模樣，威力會變得更強。

▶ **熊熊水屬性魔法**
藉由聚集在熊熊手套上的魔力，可以使用水屬性的魔法。
威力會與魔力、想像呈正比。
如果想像出熊的模樣，威力會變得更強。

▶ **熊熊風屬性魔法**
藉由聚集在熊熊手套上的魔力，可以使用風屬性的魔法。
威力會與魔力、想像呈正比。
如果想像出熊的模樣，威力會變得更強。

▶ **熊熊地屬性魔法**
藉由聚集在熊熊手套上的魔力，可以使用地屬性的魔法。
威力會與魔力、想像呈正比。
如果想像出熊的模樣，威力會變得更強。

▶ **熊熊電擊魔法**
藉由聚集在熊熊手套上的魔力，可以使用電擊魔法。
威力會與魔力、想像呈正比。
如果想像出熊的模樣，威力會變得更強。

▶ **熊熊治療魔法**
可以使用熊熊的善良心地治療傷病。

▶CHARACTERS
vol.18

克里莫尼亞

菲娜
優奈在這個世界第一個遇見的少女，十歲。由於母親被優奈所救而與她結緣，開始負責肢解優奈打倒的魔物。經常被優奈帶著到處跑。

精靈村落

露依敏
倒在王都的熊熊屋前的精靈少女。為了將精靈村落的危機告訴姊姊莎妮亞，一路旅行到王都。

穆穆祿德
露依敏與莎妮亞的祖父。於精靈村落擔任長老。
在過去曾是一名冒險者。

故事大綱

優奈路過巡迴全世界的島嶼——塔古伊，在大海的另一頭發現未知的陸地。

她踏上陸地，發現那裡竟然是「和之國」，享受令人懷念的和風餐點與溫泉的她，更遇見了一名神祕的忍者少女。後來，她得知和之國正陷入某種重大的危機……？

優奈即將在新天地展開新的冒險！

464 熊熊發現新大陸

來到塔古伊摘水果的我在遠處發現陸地與船隻，於是決定朝陸地前進。

載著我的熊緩跳向波濤洶湧的大海，熊急則跟在我們身後。

熊緩與熊急躲開塔古伊周圍產生的漩渦，在海上奔馳，朝陸地前進。我回過頭，便看見塔古伊之島正在逐漸遠去。

如果沒有能立刻回去的熊熊傳送門，我根本不敢跳離島上。真得好好感謝熊熊傳送門。

我小心翼翼地避開海上的船隻，朝陸地前進。距離夠遠就不會被發現，萬一被發現就麻煩了，所以我不會靠近船隻。過了一陣子，陸地漸漸逼近。岸邊好像有港口，可以看見有幾艘船停在那裡。更遠的地方還有建築物。

哦，果然有人居住。

這裡是什麼樣的國家呢？雖然有點期待，但我也覺得穿著熊熊服裝走在路上肯定會引人注目，真是麻煩。每次前往新的城市就會遇到這個問題，所以我已經放棄了。

繼續騎著熊緩靠近港口就會被發現，於是我靠著目視和探測技能來尋找沒有人煙的地方，偷

464 熊熊發現新大陸

偷登上陸地。我上陸的地點雖然離港口有點遠，但似乎還在城市的範圍內。

「熊緩、熊急，謝謝你們。」

我向載我到這裡的熊緩與熊急道謝，然後將牠們召回。

一身熊裝扮就很引人注目了，如果還跟熊緩與熊急在一起，只會更引人注目。

我一個人朝有建築物的方向走去，漸漸開始看見街道。

這裡該不會是？

我稍微加快腳步，朝建築物前進。

走在街上的我還是一樣集路人的視線於一身，但比起這些視線，眼前有更多令我在意的事物。我看著街道、建築與路上的行人。鋪著瓦片的房屋比鄰排列，路上行人還穿著接近和服的服裝。

這裡該不會是和之國吧？

其中有些人穿著跟菲娜等人一樣的常見服裝，但和服比較多。

嗯～不同的文化會互相交流嗎？

這裡很有可能是密利拉鎮進口白米、味噌與醬油的和之國。

好了，接下來要做什麼呢？

這裡有商業公會嗎？我也很好奇是否有冒險者公會。魔物跟其他地方一樣嗎？還是不同呢？

我想知道的事情實在太多了。

雖然很想探索這座城市，但我得在那之前找到今晚要住的旅館。然後，還要慢慢尋找能設置熊熊傳送門的地方。

我這麼想著環顧四周，便聽見一如往常的聲音。

「熊？」「熊？」「熊？」「熊？」路人小聲地議論紛紛，還對我投射好奇的目光，但我視而不見，繼續走在路上。

我看著四周，走著走著便發現一棟鋪著瓦片的氣派木造建築。建築物周圍有圍牆環繞。我望向入口的招牌，上面寫著「椿旅館」。

哦，找到旅館了！

光是用椿這種花朵來命名，就帶著一種和風的味道。

這一定是在勸我住下來。就在這裡住個幾天，趁機探索城市吧。然後慢慢尋找設置熊熊傳送門的地點也不錯。

為了確認是否還有空房，我走向旅館的入口。

我往旁邊推開拉門，走進旅館裡面。

「歡迎光臨。」

我走進旅館，一個跟我差不多年紀的女孩子便走了過來。服裝就像一般和式旅館的女員工。她的頭髮上插著類似髮簪的飾品。

好可愛。

女孩一看到我的裝扮，臉上立刻浮現驚訝的表情。

「熊熊？」

女孩目不轉睛地盯著我看，不知該如何是好。

「不好意思，我是一個人，今天還有空房嗎？」

「啊，有的，沒問題。」

我一出聲，女孩就回過神來了。

總之好像還有空房。如果房間不錯，我想在這裡住個幾天。

「在那之前，請問我能確認幾件事嗎？」

「什麼事？如果是關於這身打扮的問題，我不會回答的。」

「不，雖然那也讓我很在意。」

她果然會在意啊。

「請問您是來自異國的客人嗎？」

「該不會只有這個國家的人可以住宿吧？」

「不，沒有那回事，只是有一點需要事先提醒客人。這間旅館並沒有床。因為有些來自異國的客人會排斥睡在地板上，我們會婉拒這樣的客人，並幫忙介紹其他的旅館。」

既然沒有床，那就只剩一種可能了。

「該不會是要在榻榻米上鋪棉被吧？」

說到和式旅館就想到和室，也就是有榻榻米的房間。

「是的，原來您知道啊。在這家旅館，睡覺時要在榻榻米上面鋪棉被。因為有些不知道這件事的客人會因此生氣，我們會先告知。」

「嗯，我沒問題。」

我的公寓裡面也有和室。我以前沒有什麼特別的感覺，現在聽到榻榻米卻感到高興，是因為我身為日本人嗎？

女孩聽到我說的話，鬆了一口氣。

雖然她希望有客人來住宿，但還是想避免糾紛吧。

「那麼，請問您想住在哪個房間呢？」

「有哪些房間？」

「例如有附浴池的房間。」

「浴池該不會有溫泉吧！」

「有的。另外，雖然這裡有大型的公共浴場，但也有些客人想要一個人悠閒地泡澡，所以我們也準備了有溫泉的房間。」

「那就給我有溫泉的房間吧。」

既然有溫泉，我想泡澡。可是，我不想去公共浴場。所以，既然有附溫泉的房間，當然要選

它了。

「不過，因為那種房間比較大，價格也會比較高……」

女孩用難以啟齒的表情觀察我的臉色，這麼說道。

看來她是在擔心我有沒有錢。

也對，普通人根本不會覺得我這種打扮成熊的女孩子很有錢。

「沒有問題。啊，對了，這種錢能用嗎？」

這裡是不同的國家，我手上的錢或許無法使用。我把錢拿出來給女孩看。

「是，可以使用。」

好像可以用，太好了。

我先付了三天份的住宿費。金額裡也包含了早餐和晚餐。如果不需要餐點，價格會便宜一點，但我還是選了有餐點的方案。

「我是這家旅館的女兒，名字叫做心葉。如果有什麼需要，請儘管告訴我。」

「我是優奈。我不會回答任何關於這身打扮的問題，請多關照。」

我再度強調熊熊布偶裝的事。

「好、好的。」

心葉好像想說些什麼，但還是閉上了嘴巴。

她本來該不會很想問吧？

心葉帶著我前往房間。

「對了，我有個問題想問，這個國家叫什麼名字？」

聽到我的問題，心葉露出驚訝的表情。

這也難怪。雖說我是來自其他的國家，但一般人至少也會知道這裡是什麼地方。

不過，心葉告訴我了。

「大家都稱這裡為和之國。」

果然如此。

「那麼，請問優奈小姐您是從什麼地方來的呢？」

「嗯～妳知道密利拉鎮嗎？」

我提起與和之國有交流的城鎮名稱。

「是，我知道。我聽說海裡出現了大型的魔物，暫時沒辦法前往。」

啊，她是說克拉肯吧。

確實有發生那種事。

「我後來又聽說，有冒險者打倒了魔物。竟然能打倒出現在海裡的大型魔物，密利拉鎮的冒險者真厲害呢。」

「就是說啊。」

雖然打倒克拉肯的人就是我，但我回答得彷彿事不關己。

「優奈小姐，您知道是什麼樣的冒險者打倒了魔物嗎？」

我總不能說「正在跟妳對話的這個人（熊）就是那個冒險者」，而且就算說了，她也不會相信。所以，我只能這麼回答：

「我也不知道耶。」

「這樣啊。如果有那麼強的冒險者來我們家的旅館住宿，我就能問對方是怎麼打倒魔物的了，真可惜。」

那個冒險者正要住下來。

因為對她說謊，讓我不禁產生了一點罪惡感。

465 熊熊泡溫泉

我決定住在椿旅館，於是心葉帶我前往房間。

這家旅館很大，我要住的房間是一棟獨立的屋子。

「其他客人不會經過這個房間，所以四周很寧靜。」

這個房間愈來愈適合我了。

一打開門就知道，房間確實跟心葉所說的一樣大。這裡肯定不是只供一個人住的房間。不過，我也不是一個人，還有熊緩與熊急在。

房間裡的地板鋪滿了榻榻米，是令人懷念的和室。大家都說人要等到失去才會懂得珍惜，確實如此。

我立刻作勢踏上榻榻米。

「不好意思，進房間的時候請先脫鞋。」

我正想穿著熊熊鞋子進房間的時候，心葉阻止我了。

我的熊熊鞋子就算踩到泥巴也不會變髒。所以，即使踏到床上也沒關係。不過，現在說明這個也有點麻煩，於是我在進房間之前脫掉了熊熊鞋子。

哦，赤腳踩在榻榻米上的感覺真舒服。久違的觸感讓我覺得很懷念。

在原本的世界，就算自己的公寓裡有和室，我也不會特別注意。

包括白米、味噌和醬油在內，身邊的東西消失以後，人才會發現這些事物有多麼寶貴。

正因為如此，在異國遇見熟悉的事物讓我特別高興。

「優奈小姐，您好像很高興呢。」

「因為我覺得有點懷念。」

「懷念是嗎？」

「嗯，因為我以前有接觸過類似的東西。」

「就是因為這樣，您才可以接受睡在榻榻米上吧。」

我正在懷念榻榻米的觸感時，心葉走向隔壁的房間，所以我也跟了上去。

「這裡就是溫泉。您隨時都可以泡澡，請自由使用。」

打開門就是更衣室，再打開更深處的門，可以看到一座飄著蒸氣的檜木浴池，大小足以讓全家人一起泡澡。熊緩與熊急只要變成小熊，應該就能一起泡澡了。

然後，心葉請我在用餐或外出的時候說一聲，向我說明了房間的使用方式。

「到了用餐時間，我們會把餐點送到您的房間，請問您今天要外出嗎？」

好了，接著要做什麼呢？今天就快要日落了。不過，我也有點想出去走走。

嗯～怎麼辦呢？

經過一番思考，我決定明天早上再開始探索城市，今天先享受和室與溫泉的美好。而且我也得聯絡菲娜才行。

「我今天要泡溫泉，好好休息一下。」

「我明白了。那麼，您的餐點要選擇麵包還是米飯呢？」

「可以選嗎？」

「是的，因為我們也會接待異國的客人。」

「既然這樣，請給我米飯。」

都來到和之國了，當然要吃和之國的料理。

不過，旅館應該不會端出蝗蟲或毛毛蟲之類的昆蟲料理吧？

「很抱歉，就算菜色中有您不敢吃的東西，我們也沒辦法更換。」

「該不會有蟲之類的東西吧？」

雖然沒有吃過，但討厭昆蟲的我實在不敢吃。即便經過烹調，我還是沒有勇氣把蟲放進嘴巴裡。就算說我成見太深也罷，蟲是我唯一不能接受的東西。

「不，餐點包括米飯、添加味噌的湯、燉煮蔬菜，以及海鮮料理等。」

太好了。

還有海鮮料理呢，真令人期待。

「您可以接受嗎？」

吃。

「嗯，沒問題。」

「那麼，用餐時間一到，我們就會把餐點端過來。」

心葉對我鞠躬，然後離開房間。

即使曾在密利拉鎮吃過海鮮料理，這裡的菜色依舊很令人期待。

雖然對安絲很抱歉，但在這裡才吃得到道地的和風料理。我的意思絕對不是安絲的料理很難吃。

心葉一離開房間，我便召喚了小熊化的熊緩與熊急。

「熊緩、熊急，這就是榻榻米喔。」

「「咿～」」

熊緩與熊急在榻榻米上走動。或許是覺得觸感很好玩，牠們開始在榻榻米上跑來跑去。

「你們兩個，不可以弄壞榻榻米喔。小心你們的爪子。還有，如果有人來就告訴我。而且到時候要躲起來，免得被別人發現。」

「「咿～」」

我大致傳達了注意事項。

萬一被別人發現房間裡有熊，對方一定會嚇到，而且這種行為就像是偷帶寵物進房間。我知道自己這麼做不太好，所以會特別注意。

聽完我說的話，熊緩與熊急開始躺在榻榻米上休息。

我看著牠們這副模樣，拿出熊熊電話，聯絡菲娜。

『優奈姊姊？』

「嗯，是我。」

『怎麼了嗎？』

「呃，因為我會暫時離開克里莫尼亞，想跟妳說一聲。」

『妳要去別的地方嗎？』

「與其說是要去，不如說我已經來了。」

我說自己身在從塔古伊上面看見的不同國家。

『沒問題嗎？會不會有危險？』

「沒問題，這裡好像是和之國。」

『和之國嗎？我聽說白米、味噌和醬油是從那裡來的。』

「原來妳還記得啊。」

『因為店裡和家裡也會用到這些東西。可是，那裡很遠吧。』

雖然我不知道距離有多遠，但應該沒有近到能輕鬆前往。

「所以，我會在這裡待一陣子，有什麼事就聯絡我吧。」

『……我知道了。』

「……妳要不要也過來？」

因為她的聲音聽起來有點寂寞，我試著問道。

只要設置熊熊傳送門，她馬上就可以過來了。

『我是很想去，但離家太久會讓爸爸難過的。』

……根茲先生。

也對，我們去矮人之城的時候，他也跟菲娜分開了一陣子。

自從那次外出，日子還沒過多久。

「如果爸媽允許，妳隨時都可以聯絡我。」

『嗯，優奈姊姊也要小心喔。』

掛掉熊熊電話的我決定在晚餐之前先泡溫泉。

「熊緩、熊急也跟我來吧，我們去泡溫泉。」

我這麼呼喚，躺在榻榻米上休息的熊緩與熊急就跟了過來。看來牠們倆也很喜歡榻榻米。把熊熊屋的其中一個房間改造成和室也不錯。這座城市應該有人在賣榻榻米吧？

明天也可以順便去找榻榻米。

我帶著熊緩與熊急，走向更衣室。

在更衣室脫掉熊熊布偶裝後，我立刻踏進浴室。

浴室裡充滿了蒸氣。溫泉從看似竹筒的東西裡面流了出來。

我把手放進檜木浴池裡，確認溫度。

「好燙！」

看來溫度偏高。

可是，熊緩與熊急若無其事地跳進溫泉。

不愧是牠們倆，不怕冷也不怕熱。

我先用溫泉沖洗身體，然後再慢慢把腳放進浴池。

雖然很燙，但慢慢進去就沒問題了。

接著，水位來到我的肩膀。

「呼～」

真舒服。

我很想看看外面的風景，但這裡並不是露天浴池，因此看不到。

其他地方會有露天浴池嗎？

真希望克里莫尼亞的浴室也有溫泉。可是，克里莫尼亞沒有溫泉湧出吧。

連東京都有溫泉了，只要肯挖就找得到嗎？

可是，我並沒有這方面的知識，所以不清楚。至少我知道，溫泉不是隨便挖個洞就會冒出來的東西。現在，我決定好好享受當下的溫泉。

「呼，好舒服喔。」

「「咿～」」

熊緩與熊急把頭放在檜木浴池的邊緣，露出舒服的表情。

泡溫泉可說是最頂級的享受。

我果然還是很想帶菲娜一起來。

泡過溫泉的我回到房間裡。

我擦拭熊緩與熊急的身體，用吹風機吹乾牠們。

換上白熊服裝的我已經進入放鬆模式。

我正在悠閒地替熊緩與熊急梳毛的時候，牠們同時叫了一聲，並朝門的方向望去。

好像有人來了。

敲門聲響起。

我吩咐熊緩與熊急躲好，然後打開門。門外的人是不久前帶我來房間的心葉。

「我把餐點端過來了……」

一見到我的打扮，心葉的動作就停了下來。

因為我從黑熊服裝換成白熊服裝，她好像嚇了一跳。

「謝謝妳。」

我一道謝，盯著我看的心葉便回過神來。

「這是白熊的造型吧。」

「順帶一提，關於這副打扮，我也無可奉告喔。」

我先打了預防針，所以心葉並沒有針對熊熊服裝提出任何問題。

心葉把料理一一放到桌上。

桌上出現白飯、味噌湯、燉煮蔬菜、煮熟的螃蟹等豐盛的料理。

嗚嗚，看起來真好吃。

「請問溫泉泡起來如何呢？」

心葉一邊擺放料理，一邊這麼問道。

「很舒服喔。」

「那真是太好了。」

我的回答讓心葉露出開心的表情。

旅館得到讚美似乎讓她很高興。

「優奈小姐，您是一個人來到和之國的嗎？」

「嗯，我是一個人沒錯。」

聽到我這麼說，心葉很驚訝。

「因為我好歹是個冒險者，就算遇到一點危險也能應付。」

「冒險者……？」

心葉停下做事的手，盯著我看。

看她的眼神，顯然是不相信。

不過，如果她相信，我也不知道該作何反應就是了。

「您是不是會使用魔法呢？」

「嗯，會用一點。」

「真厲害。所以，您一個女孩子才能從其他國家來到這裡吧。」

她似乎把我當成了魔法師，才相信我是一個人來的。

「對了，這座城市也有冒險者公會嗎？」

「是，有的。」

我原本就覺得應該有，結果還真的有呢。

和之國的冒險者會用日本刀當武器嗎？魔法師又是什麼樣子呢？

冒險者公會啊，明天就去看看好了。

明天有很多地方可以探索，真令人期待。

接著，我確認心葉離開房間之後，呼喚了躲起來的熊緩與熊急。

「我們一起吃吧。」

「「咿～」」

「我要開動了！」

我拿起飯碗與筷子，跟熊緩與熊急一起享用料理。

466 熊熊購買榻榻米

隔天早晨，我在榻榻米上的被窩裡醒來。

已經天亮了嗎？

昨天吃完晚餐之後，我又再泡了一次溫泉，趁著身體還暖和的時候上床睡覺。

再加上白熊服裝的加成效果，醒來的感覺很舒暢。

我一起床，窩在棉被裡的左右兩側的熊緩與熊急也起床了。

「你們兩個，早安。」

「「咿～」」

我折好棉被，換上黑熊服裝，然後開始思考今天的行程。

如果有人在賣榻榻米就購買，也要去冒險者公會參觀。另外，我還想買些可以送給菲娜等人的伴手禮。也得找找熊熊傳送門的設置地點才行。

我正在思考今天的行程時，熊緩與熊急看著門，同時叫了一聲。

好像有人來了。

我叫熊緩與熊急躲起來，牠們便快步躲進隔壁的房間。

敲門聲在這個時機響起。

我打開門，看見心葉的身影。

「早安，我端早餐過來了。」

「謝謝妳。」

「您昨晚睡得好嗎？」

「嗯，我睡得很好。」

「那真是太好了。」

心葉高興地將早餐擺放到桌上。

早餐有白飯、烤魚、味噌湯、海苔、醃菜等簡樸的菜色。

我這才想起午餐要在外面解決，很期待能找到好吃的東西。

吃完早餐的我召回熊緩與熊急，然後走出房間。走到旅館的玄關附近時，我看到了心葉的身影。

「您要外出嗎？」

「嗯，我有件事想順便問問，這裡有店會賣榻榻米嗎？」

「榻榻米是嗎？」

「嗯，因為我很喜歡，想買一些回去。」

「很高興您這麼喜歡。」

心葉就像自己得到讚美一樣，露出開心的笑容。

「走出旅館之後右轉，再走一陣子就能看到一間賣榻榻米的店。招牌上畫著榻榻米的圖案，您看到就知道了。可是，您搬得回去嗎？」

「我有道具袋，沒問題。」

我有神給的熊熊道具袋——熊熊箱。

不過是榻榻米而已，想裝幾張都行。

我接著向心葉詢問商業公會、冒險者公會，以及景點的位置，在紙上作筆記。

「謝謝妳喔。」

我向她道謝，走出旅館。

首先要去的是榻榻米店。

我一面觀賞街景一面走著，便聽見跟昨天相同的聲音。

「熊？」「什麼東西？」「熊？」「那是哪個國家的衣服？」

不管去到哪裡，熊熊布偶裝都很引人注目。

我把熊熊兜帽往下拉，遮住臉部。

幾個小孩子跑到我身邊說著「是熊耶～」「好奇怪的衣服喔～」還繞著我轉圈。

我大聲喊出「哇」，孩子們就發出嚇了一跳的聲音，然後跑走了。

真是沒有家教。希望他們可以學學孤兒院的孩子和菲娜等人。

話說回來，街上的房屋真的都是和風的造型。光是屋頂鋪著瓦片，給人的印象就不同。如果少了瓦片，看起來大概跟普通的木造建築沒有兩樣。

這個國家有城堡嗎？

會不會像是日本的那種城堡呢？

如果有的話，我很想看看。回到旅館之後便去問問心葉好了。

我聽路上行人指指點點地說了好幾次的「熊」，來到目的地附近。

「應該就是這附近吧。」

我看著從心葉那裡問來的小抄，環顧四周，隨即找到畫著榻榻米圖案的招牌。

就是這裡。

「不好意思～」

我走進店裡，出聲喊道。

「來了～」

一名圍著和式圍裙的女性小跑步過來了。

「讓妳久等……熊？」

女性一看到我便愣住。

畢竟這已經是家常便飯了，所以我假裝沒聽見熊這個詞，對她說道：

「我想買榻榻米。」

「呃，榻榻米？」

榻榻米店除了榻榻米之外還會賣什麼東西？

「我聽說這裡可以買到榻榻米。」

「啊，是的。妳要榻榻米呀，我們有賣。」

女性好像很在意我的打扮，但一判斷我是客人，便切換成商業模式。

「那麼小姑娘，妳需要幾張榻榻米？妳家在哪裡？更換工程怎麼安排？很急嗎？」

女性問了好幾個問題。

的確，一般人確實會以為我是要更換榻榻米。

大多數人都不會直接把榻榻米帶回去。

「我家不在這座城市，所以不用麻煩了。」

「是嗎？小姑娘，妳是一個人來的嗎？」

「我是一個人沒錯。」

真希望她別把我當成小孩子。她是第一次見到這種打扮吧。我總是在想，這身熊打扮會讓我看起來很像小孩子嗎？

「呃，小姑娘，妳應該看得出來，榻榻米又大又重。光靠妳一個人，實在不可能搬回去……」

女性回頭看著店裡的榻榻米。

每一張榻榻米都很大，看起來相當笨重。如果是沒有熊熊裝備的我，連一張榻榻米都抬不起來。

「還是說，妳是搭馬車來的？」

女性瞄了一眼外面。

「我有道具袋，所以沒問題。」

「道具袋？那應該沒問題吧？所以妳想要幾張？」

女性似乎聽懂了，於是繼續說了下去。

她又重新問起張數，要買幾張好呢？

四張半？六張？八張？

六張應該夠吧？

不只是克里莫尼亞的房間，改裝王都的熊熊屋、密利拉鎮的熊熊大樓二樓房間和旅行用熊熊屋的一個房間也不錯。

我也會在孤兒院看到孩子們躺在地上玩耍的樣子。比起躺在地毯上，躺在榻榻米上或許比較好。

我進行簡單的計算，然後對女性答道：

「大概六十張左右吧？」

往店內望去，可以看到許多疊起的榻榻米。這點數量應該有吧？

「……呃，小姑娘，榻榻米不便宜喔。而且數量也太多了吧？妳還是回去問一下父母比較好。」

像我這樣的女孩子說要買六十張榻榻米，普通人都會有這種反應嗎？

女性用溫柔的語氣向我確認。

「錢的問題就不用擔心了。」

「可是就算妳有道具袋，應該也裝不下那麼多吧？」

或許是為了自己，或許是為了我，她在各方面都很擔心。

我看，應該兩者都有吧。

因為我懶得說明，於是問了六十張榻榻米的價格，然後拿出足夠的錢。

一看到錢，女性的臉色就變了，然後重新恢復生意人的表情。

無論是好是壞，金錢果然會改變一個人。

「那麼，妳想要什麼樣的榻榻米？」

很可惜，我的腦中並沒有分辨榻榻米的種類或好壞的知識。

所以，我替自己的房間買了高級的榻榻米，其他地方則選用普通的榻榻米。

因為是大量購買，價格打了一點折扣。

於是，我將買來的大量榻榻米收進熊熊箱。

「謝、謝謝惠顧。」

女性露出驚訝的表情，對走出店門的我低頭鞠躬。

這麼一來，回到家就能打造和室了。我感到有點期待。

順利買到榻榻米之後，我一見到五斗櫃之類的和風家具就會一一購入。

無論會不會用到，覺得想要便會買下來是我的壞習慣。

如果被菲娜得知，她一定會罵我亂花錢吧。

為了討菲娜歡心，我也買了髮簪或手鏡之類的東西。儘管覺得可能會有反效果，但我想不到其他能討她歡心的方法，所以也無可奈何。

還是說，送食物會比較好？

我吃著糰子當作午餐，這麼思考。

然後，我一路隨性地購物，走著走著就到冒險者公會了。

公會的屋頂也是瓦片鋪成的，看起來頗為風雅。

我走進公會，裡面的人從普通的冒險者到看似武士的冒險者都有。

感覺真詭異。

我一面這麼想，一面參觀公會內部，就一如往常地受到眾人注目了。

「熊？」「熊？」「熊？」「血腥惡熊！」

最後是怎樣？

我聽錯了嗎？

我環顧室內，尋找是誰喊了「血腥惡熊」，便發現有一個冒險者用害怕的眼神看著我。

我的打扮絕對不是會讓人感到害怕的樣子。雖然自己這麼說有點怪，但我的打扮很可愛。

對方該不會知道我這號人物吧？

可是，為什麼要感到害怕呢？

我不記得自己有做什麼會讓人害怕的事情。

無論如何，因為那個人沒有向我搭話，我決定視而不見。

其他冒險者也只是看著我，沒有任何人來向我搭話。

我掃視屋內，找到了櫃檯。

一名穿著和服，大約二十歲左右的女性坐在櫃檯後。女性用髮簪把頭髮紮了起來。

櫃檯小姐緊緊盯著我看。

我靠近櫃檯，對櫃檯小姐說道：

「不好意思，我有問題想請教。」

「好、好的，請問是什麼問題呢？」

櫃檯小姐用觀察我的眼神看著我。

雖然能理解她感到好奇的心情，但我決定詢問關於公會的事。

「這裡的冒險者公會也可以使用其他國家的公會卡嗎？」

「呃，可以是可以，但妳是冒險者嗎？」

櫃檯小姐用驚訝的表情看著我。

「我是。」

我一說自己是冒險者，屋內的人就開始議論紛紛。

我回頭看著其他冒險者，櫃檯小姐便站了起來，對議論紛紛的冒險者們開口說道：

「各位如果不工作就請回吧。這裡並不是讓人打發時間的地方。」

「我們只是在交換情報而已，對吧？」

「嗯，是啊。」

「交換情報是很重要的。」

「你們不是每天都這麼說嗎？請稍微做點工作吧。」

櫃檯小姐一臉傻眼。

無論是哪裡的冒險者公會，都有這種類型的冒險者呢。

話說回來，我曾聽說公會卡在任何國家都能使用，原來是真的。

真是不可思議的卡片。

向櫃檯小姐確認公會卡可以使用後，我為了去看委託告示板而準備離開櫃檯，這時一名穿著和服的男人走進公會，來到櫃檯小姐面前。

「我是昨天提出委託的人，有人接下委託了嗎？」

「您是五木先生吧。目前還沒有人承接您的委託。」

「那就傷腦筋了。我們養的牛已經受害。有沒有人來打倒魔物，關係到我們的生死。」

「是否要承接委託，是冒險者個人的自由。雖然可以直接拜託冒險者，但既然對象是鎌鼬……」

櫃檯小姐瞄了一眼留在現場的冒險者。

那些冒險者都別開了目光。

「如果不是有**一定程度**的冒險者，就沒辦法打倒，所以短期內恐怕……」

櫃檯小姐強調要有「一定程度」，並看著男人。

看來留在這裡的人都是低階的冒險者。

「請想辦法找到人吧。我們的村子正陷入危機啊。」

男人彎下腰，把頭抵在櫃檯上。

「五木先生，請把頭抬起來吧。」

「拜託了。」

男人就是不抬頭。

我記得鐮鼬是一種會放出風刃的妖怪吧。

在這個世界不叫妖怪，而是魔物嗎？

「既然如此，要不要讓我來？」

我對鐮鼬感到好奇，於是對男人這麼說道。

467 熊熊在和之國承接委託

聽到我說的話，男人抬起頭看著我。

「熊？」

看來他剛才並沒有注意到我。

「要不要把那份工作委託給我呢？」

「小姑娘，妳在胡鬧嗎？」

男人握緊拳頭，生氣地說道。

穿著熊熊布偶裝的女孩子說要接下狩獵魔物的委託，也難怪他會有這種反應。

這已經是家常便飯了，所以我不會放在心上。

「可是，也沒有其他冒險者願意去了吧？」

我看著公會內的冒險者們。

所有人都擺出一副事不關己的樣子。

「呃，小姑娘，鐮鼬是一種難纏的魔物，牠們動作很快，還會從很遠的距離放出風刃，所以要打倒牠們是很困難的。五木先生說鐮鼬共有好幾隻，所以這並不是適合新手的委託……」

櫃檯小姐就像是在勸導什麼都不懂的小孩子，對我說明關於鐮鼬的事。

她似乎把我當成新手冒險者了。

「而且，一旦發現對手很強，牠們就會馬上躲進附近的森林裡，所以無法輕易打倒牠們。」

男人用煩躁的口氣替櫃檯小姐補充說明。

要比速度的話，我不會輸。即使牠們躲起來，只要是魔物，我就能用熊熊探測技能找到牠們。

「我只是看你好像很困擾才會這麼說，並不打算逼你委託我。」

我不過是因為對鐮鼬感到好奇，而且看男人好像很困擾，才會向他搭話，並不打算為了搶下委託而跟他爭論。

男人看著我，陷入沉思。

「我想確認一下，妳真的是冒險者嗎？」

「我是冒險者沒錯。」

我嫌麻煩，於是拿出公會卡給他看。

「……C級？」

看到公會卡的男人很驚訝，聽到他這麼說的櫃檯小姐也很驚訝。

「妳能打倒鐮鼬嗎？」

「我沒有對付過鐮鼬，所以也不敢說絕對可以。」

世界上沒有什麼是絕對的。如果鐮鼬異常繁殖，出現幾萬甚至幾十萬隻，我再厲害也應付不來。

聽完我說的話，男人不時瞄著我，陷入了沉思。

就算看過公會卡，知道我是C級冒險者，他似乎依舊半信半疑。

畢竟我打扮成熊的樣子，這也沒辦法。

「既然如此，要不要讓我也一起去呢？」

有人從某處冒出來，向我們搭話了。

「忍小姐？」

櫃檯小姐發出驚訝的聲音。現身的人是個年紀跟我差不多的女孩子。她最引人注目的地方是服裝。女孩穿著深綠色配上紫色的服裝，看起來就像忍者一樣。我忍不住想像，或許她是為了在晚上隱藏蹤跡，才會穿著深色的衣服。

「如果你們這麼不放心那隻熊熊的實力，我會跟她一起去的。」

「既然忍小姐願意陪同，那就沒問題了呢。」

櫃檯小姐安心地說道。

「五木先生，她毫無疑問可以打倒鐮鼬。公會可以保證她的實力。」

「真的嗎？」

男人就像看著我一樣，用同樣的眼神望著現身的女孩。

「她是很優秀的冒險者。五木先生，您很急著找人吧？如果不委託她，下次不知道要等到什麼時候喔。」

櫃檯小姐向男人問道。

男人很猶豫，看著名叫忍的女孩子。

「如果是這位小姑娘，真的能打倒鐮鼬吧？」

「是的，她以前也曾成功狩獵過鐮鼬。」

男人看著類似忍者的女孩，櫃檯小姐便點頭。

「那麼，拜託妳了。」

看來已經不需要我出馬了。

雖然沒能見到鐮鼬很可惜，但只要待在這個國家，還是有機會見到的。

「既然如此，那就不需要我了吧。」

如果她要承接委託，便不需要我了。

「那可不行。我只是要以幫手的身分，跟妳一起去而已。所以，如果熊熊不接這份工作，我也不接。」

名叫忍的女孩子挽留了正要走出公會的我。

「既然妳要承接委託，不是就不需要我了嗎？」

「那樣就沒有意義了。」

真是莫名其妙。既然她是冒險者，具有足以打倒鐮鼬的實力，應該不需要我才對。如果要跟我一起承接，拿到的報酬也會減半。

「為什麼？」

「呃，因為這樣一來，就好像我搶走了妳的委託一樣嘛。」

「我不介意。」

就算她搶走這個委託，我也不會埋怨她，或是對她發脾氣。

「即使熊熊妳覺得無所謂，周遭的人也不見得那麼想。我看起來就像是搶走了妳的委託一樣。所以，妳也要一起來才行。」

我能理解她的考量。

別人或許會把她當作搶走委託的小人，在她背後指指點點。

「兩個人一起承接也沒關係。只要跟這個熊姑娘一起，妳就願意承接委託吧？」

男人這麼詢問名叫忍的女孩子。

「如果是跟熊熊一起接，那就沒問題。」

「我知道了。既然如此，我要拜託妳們兩個幫忙狩獵鐮鼬。」

男人似乎很希望能趁早除掉鐮鼬，於是低頭拜託我們。

照這個情況看來，我是不是沒辦法拒絕了？

「那麼，我會替兩位辦理承接委託的手續。」

我和名叫忍的女孩把公會卡拿到櫃檯小姐面前。看到我的公會卡，櫃檯小姐露出驚訝的表情。

「可以請兩位出示公會卡嗎？」

可是，為什麼她一定要有我在才願意接受委託？

果然連我也被算在內了。

「……真的跟忍小姐一樣是C級呢。」

我看著忍放在旁邊的公會卡，上面的階級一樣是C。

年齡明明跟我差不多，她卻已經是C級了。難怪她可以打倒鐮鼬。

不過，她究竟是什麼人？

「妳叫做優奈吧。我的名字叫做忍，請多指教。我就叫妳優奈，妳也直接叫我忍吧。」

忍重新自我介紹。

話說回來，她還真愛裝熟。我最不擅長應付這種人了。真不想跟她走得太近。

「對了，妳是C級啊，好強喔。」

「妳不也是C級嗎？」

「我只是運氣好啦。」

忍笑咪咪地否認。

真可疑。

儘管我沒什麼資格說別人，但這個女生讓人覺得不太值得信任。

「妳不用這麼懷疑我啦。對了，這位是五木先生吧。我們還要準備一下，可以明天一大早再出發嗎？」

現在已經過了中午，是接近下午茶的時間。

「可以的話，我希望妳們能馬上來村子，但好吧。我會先回村裡，跟村長報告的。」

的確，比起現在就出發並在那個村子過夜，我也希望明天早上再去。我已經付清旅館的住宿費，所以想要當天回來泡溫泉。

「妳們知道村子在哪裡嗎？」

「啊，這裡有地圖。」

櫃檯小姐把委託書交給忍。

「很近呢。」

據忍所說，前往男人居住的村子，搭馬車大約要半天。

靠熊緩與熊急，應該不到一個小時就能抵達了。

接下委託的我放棄原本想看其他委託的念頭，走出了冒險者公會。

「妳為什麼要跟著我？」

可疑的忍者——忍跟在我的身後。

「因為我覺得跟妳住在同一間旅館比較好嘛。」

「住在同一間旅館？」

跟這個可疑的忍者？

「我也想跟妳聊聊啊。」

「我跟妳沒什麼好聊的。」

「妳好冷淡喔。」

我搞不好跟麻煩人物扯上關係了。

也許我當初應該一個人承接，或是乾脆拒絕。

我帶著忍回到椿旅館。也可以說是她擅自跟我來的。

「妳住在很好的旅館呢。」

忍看著眼前的寬敞旅館。

這裡果然是很好的旅館。

一走進旅館，我們便看見心葉的身影。

「歡迎回來。」

有穿著和服的可愛女孩迎接，感覺真不錯。

畢竟還有溫泉，如果在這個世界第一次造訪的城市是這裡，我或許會賴在這個旅館不走。

「請問，那位小姐是？」

心葉看著站在我身後的忍。

「只是個陌生人。我要回房間，麻煩妳在用餐時間把餐點端過來了。」

「嗚嗚，竟然說我是陌生人。我們明明是要一起工作的夥伴。」

「我把話先說在前頭，就算妳來我的房間，我也會把妳趕走。」

「優奈真無情。既然如此，我們就約明天早上在旅館入口會合吧。」

我留下開始與心葉聊天的忍，返回房間。

她到底是怎樣？

嘻皮笑臉的，而且來路不明。

冒險者階級也很令人在意。雖然我沒資格說別人，但她在這個年齡就跟我一樣是C級了，而且好像是獨行俠。我是靠熊熊裝備的力量，如果她是靠自己的力量升上C級，便表示她的實力相當堅強。

另外，她的言行舉止很可疑。

既然能一個人打倒魔物，應該沒必要跟我一起承接委託才對。正當我要拒絕委託的時候，她又說獨自承接就沒有意義了，顯然是想找理由把我拖下水。

總而言之，我決定提防忍這個人。

為此，我召喚了小熊化的熊緩與熊急，拜託牠們在有人來房間的時候告訴我。

後來，我並沒有遇到忍的突襲，只有心葉端了餐點過來。

「請問一下，跟我一起來的那個女生呢？」

「是，她已經住下來了。」

竟然真的住下來了。

「如果她問起關於我的事，妳什麼都不用回答。」

「好的，我明白。因為事關信用，就算別人問起關於客人的事，我們也不會說出去的。」

員工似乎都有接受正確的教育，讓我很安心。

幸好我當初有選擇這間旅館。

「謝謝妳。」

「不會。那麼，我晚點會來收拾碗盤，請慢慢享用。」

我接受心葉的好意，開始享用餐點。

然後，吃完飯的我正在休息的時候，熊緩與熊急看著門叫了一聲。

我使用探測技能，發現房間附近有人的反應正在靠近。接著，反應在門前停止，動也不動。

如果是心葉，並不會停在門前。況且她剛剛才把用完的餐具收走而已。

我叫熊緩與熊急躲起來，躡手躡腳地走過去，慢慢打開房門。

「嗚哇！」

站在門外的人是忍。

「什麼事？」

「呃，我想跟妳討論明天的事。」

忍笑著回答。

不管怎麼看都像是在找藉口。

「沒什麼好討論的吧，妳不是能一個人打倒鐮鼬嗎？有什麼萬一的時候，我會交給妳處理的。」

「交給我嗎？」

「畢竟妳不是很強嗎？」

「不不不，沒那回事啦。堇小姐說得太誇張了。我很弱的。」

堇小姐是指櫃檯小姐嗎？

也許我當初應該向櫃檯小姐多問一點關於忍的事。

「不過，妳早就知道我來了嗎？」

「應該是因為妳的腳步聲很大吧？」

我隨口這麼說。

「腳步聲嗎？」

我不打算說實話。

「那是不可能的……」

忍小聲低語。

「妳有說什麼嗎？」

「沒有啦，只是自言自語，請別在意。」

真可疑。

「順便問問，優奈妳是一個人嗎？」

「是啊。」

她探頭往房間裡看，似乎想確認什麼，但熊緩與熊急已經躲起來了。

「那我走了，明天早上請別遲到喔。」

忍揮了揮手，離開房間。

她到底是來做什麼的？

然後，因為我很在意忍，無論是泡溫泉還是睡覺的時候，我都拜託熊緩與熊急在有人靠近房間之際告訴我。

468 熊熊前往村子

到了早上，擔任鬧鐘的熊緩與熊急會叫我起床。既然熊緩與熊急沒有在半夜叫醒我，就表示沒有任何人來過。

我是不是有點太神經質了？

我一起床便向熊緩與熊急道謝，然後趁早餐前的時間泡溫泉。

吃完早餐後，我朝玄關走去，隨即看見心葉與忍的身影。

「您要外出嗎？」

「我預計今天就會回來，但如果到了傍晚還沒回來，就不用幫我準備晚餐了。」

我已經付清三天份的住宿費，其中也包含早餐與晚餐的費用。即便如此，我也不能讓人家準備我不會吃的餐點，或是讓人家一直乾等。提早告知才不會失禮。

「好的，我明白了。」

「對了，妳們兩個人在聊什麼？」

「只是閒聊啦。像是打扮成熊的女孩子很可愛，之類的話題。」

換句話說，就是在聊關於我的事。

「既然優奈也來了，我們出發吧。」

我與忍走出旅館。

「所以忍，妳打算怎麼前往那個村子？妳有準備馬車嗎？」

「走到城外之前，這是祕密。」

忍用小孩子想到某種惡作劇的表情說道。

她隱瞞了什麼？

「話說回來，雖然妳的熊打扮很可愛，但看起來很難活動呢。妳真的要穿成這個樣子去狩獵鐮鼬嗎？」

「如果妳信不過我，一個人去也行。我會在城裡等妳。當然了，妳可以一個人獨吞報酬。」

這樣也比較輕鬆。

「別這麼說嘛，我們一起去吧。」

忍不客氣地抱住我，於是我把她推開。

我最不擅長應付這種對誰都很愛裝熟的人了。

雖然諾雅也是類似的性格，但跟她不太一樣。

是因為年齡的關係嗎？

「既然如此，下次妳再問起關於打扮的事，或是抱住我，我就要回去了。」

「我、我知道了。我不會再問，也不會抱住妳的。」

我跟忍約法三章以後，來到城市外頭。

要走出城市的時候，守門人用異樣眼光看著我們，把我們攔了下來。不過，經過忍的解釋，我們才能順利來到城外。

「謝謝妳。」

「不會啦，幸好能幫上忙。」

「那麼，我們已經到城外了，接下來怎麼辦？」

我還以為忍要找地方租借馬匹，她卻直接走出了城市。

她該不會是想用走的過去吧？

還是說，因為她是忍者，所以要用跑的？

「這個嘛……」

忍用手指互相觸碰，做出結印般的手勢，魔力便匯集在手上，然後一匹馬出現在她面前。

「……召喚？」

「牠叫做疾風丸，是我的搭檔。」

說著，忍撫摸馬的脖子。

除了熊緩與熊急，還有莎妮亞小姐的召喚鳥以外，這是我第一次見到其他召喚獸。

只不過，我很想對忍說一句話。

「話說回來，妳竟然不是召喚青蛙、蛇或蛞蝓。」

「妳在說什麼啊？召喚那種東西出來能做什麼？又沒辦法載人。」

實際上的確是那樣沒錯，但忍者召喚出來的生物中，最有名的就是青蛙、蛇和蛞蝓了。

如果要載人，那就得召喚出大青蛙、大蛇或大蛞蝓。我光是想像就覺得很噁心。

相較之下，幸好我的召喚獸是熊緩與熊急。

「那麼，妳要立刻上馬嗎？」

忍先看看我的打扮，然後再看看馬。

「妳這副打扮應該很難騎上去吧。」

「不用了。」

我嫌麻煩，於是伸出右手，召喚熊緩。

「是熊耶，有熊出現了。妳也會召喚嗎？」

「跟妳一樣。」

忍好像有點驚訝，但並沒有嚇到。

「這隻熊看起來與其說是強悍，不如說是可愛呢。」

「咿～」

聽到忍的話，熊緩擺出嚴肅的表情。

看來熊緩似乎想表現出強悍的樣子。

可是看起來反而更可愛了，是我的錯覺嗎？

「牠叫什麼名字？」

「熊緩。」

「熊緩啊，好可愛的名字。我可以摸摸牠嗎？」

我還沒答應，忍就開始摸起熊緩了。

「哇～觸感怎麼這麼軟啊，毛茸茸的耶。我可以騎騎看嗎？我好想騎喔。」

「疾風丸看起來很傷心耶，沒關係嗎？」

我望向馬，疾風丸正傷心地垂下脖子。

「哇～～～疾風丸，對不起啦。疾風丸才是最棒的。」

看到疾風丸這個樣子，忍便離開熊緩，對疾風丸道歉。

召喚獸都一樣呢。牠們看到主人騎別的馬（熊），就會感到寂寞。

「雖然不能騎熊緩很可惜，但我們走吧。」

忍跳上疾風丸，我也騎到熊緩背上。

然後，我們朝鐮鼬出沒的村子出發。

忍的疾風丸與我的熊緩並肩奔馳。

「對了，鐮鼬是一種會用風魔法的魔物吧？」

「沒錯。根據威力，手臂有可能會被砍斷，所以要小心。可是如果因此穿上堅固的鐵製防具，那就跟不上鐮鼬的速度了。」

鐮鼬的風似乎無法斬斷鐵。不過，倘若穿戴太多笨重的鐵製防具，便跟不上動作輕快的鐮鼬，所以無法打倒牠們。

忍告訴我，必須穿戴輕便的裝備，而且具有跟得上鐮鼬的實力，才能打倒牠們。

「這麼說來，最好能用魔法來對付牠們嗎？」

「那就要看魔法師的實力了。魔法師的裝備基本上都很輕便，所以都使用遠距離攻擊，很講求準確度和威力。而且萬一被對手逼近，不擅長近戰的魔法師就會被幹掉。」

魔法師跟劍士進行肉搏戰的話，如果沒有自保的手段，確實會被輕易打倒。

而我就算要進行肉搏戰，也有一定程度的戰力。

「而且最麻煩的是，牠們都棲息在森林裡。要是牠們躲在草叢裡，不只是找起來很麻煩，還有可能被偷襲。」

假使突然有風刃從草叢中飛過來，那就棘手了。

根據忍的說明，狩獵鐮鼬的工作對新手來說確實有點困難。

所以，冒險者公會的那些冒險者才會別開目光吧。

「那優奈妳打算怎麼打倒鐮鼬？」

「用普通的方式戰鬥。」

我有探測技能，所以能查出鐮鼬的所在地。

接下來只要施放魔法就行了。

即使用普通的方式戰鬥，方法也很多。

不過，也要有熊熊裝備才能辦到就是了。

「倒是忍，妳打算怎麼打倒牠們？」

「跟妳一樣，用普通的方式戰鬥。」

忍笑咪咪地答道。真是個讓人摸不透的女生。

我們沒有停下來休息，直接抵達村子。

「熊緩跑得真快。」

「疾風丸也很快啊。」

離開城市大約一個小時後，我們抵達了村子。

昨天來到冒險者公會的男人就站在村子的入口。

「那是五木先生吧，他好像在等我們。」

我們前往五木先生面前。

「那隻熊是怎麼回事！」

五木先生一看到載著我的熊緩便嚇了一跳。

「這是她的熊，很安全的。」

我還沒開口，忍就替我說明了。

「是嗎？」

「只要別人不攻擊牠，牠就不會亂來。」

「妳是說真的吧。」

五木先生緊緊盯著熊緩。熊緩叫了一聲，像是在表達「我不可怕喔」。

五木先生交互望著我和熊緩，然後露出坦然接受的神情。

「我知道了。總而言之，謝謝妳們趕來。」

五木先生邀請我們進入村子。我和忍跳下熊緩與疾風丸，走進村裡。

村裡的房屋大多是木造，也有些房屋的屋頂上鋪著瓦片。村民的服裝就像古代日本的電影一樣，看起來很樸素。大家見到熊緩都嚇了一跳，但五木先生幫忙安撫了村民。

其他村民只是遠遠地看著我們，沒有靠過來。會不會是因為害怕熊緩呢？

「所以，現在的情況怎麼樣了？」

「昨天我回來的時候，又有兩頭牛被殺了。不幸中的大幸是村民沒有受傷。妳們真的可以打倒鐮鼬嗎？我們不希望再有更多損失了。」

五木先生重新詢問我們。

即使要委託其他冒險者，花的時間愈久，損失便愈多。

也就是說，如果我們無法解決鐮鼬，村民會非常困擾。

「我想應該能打倒，但問題在於數量。你們不知道數量有多少嗎？」

「抱歉。每次有鐮鼬出現，我們就會逃走並躲起來，因此沒辦法掌握正確的數量。」

無力戰鬥的人想對付鐮鼬，確實很魯莽。下場只會跟牛一樣。

要活下去，最好的方法就是逃走並躲起來。所以，我並不會責怪五木先生。

我們在五木先生的帶領之下，來到看似牧場的地方。眼前是一片廣大的草地，牛隻在裡面吃著牧草。

鐮鼬好像就是出現在這裡的。

「那麼，優奈，接下來怎麼辦？大概監視一下嗎？」

「妳有什麼主意？」

「我嗎？出現就打倒吧。」

她該不會是頭腦簡單的類型吧？

「鐮鼬大概會出現在哪裡？」

忍的意見不可靠，於是我轉而詢問五木先生。

「鐮鼬會從那個森林出現。」

五木先生伸手指向牧場另一頭的森林。

「既然這樣，那裡的牛不是很危險嗎？」

森林附近有一頭牛。

聽到我說的話，五木先生露出難以啟齒的表情。

「其實，那頭牛是為了讓其他的牛和我們逃走的犧牲品。」

如果集中在同一個地方，所有的牛都會被殺死。

所以，村民似乎會在最危險的地方放一頭牛，趁那頭牛犧牲的時候逃走。

在十頭牛中，為了保護九頭牛而犧牲一頭牛。雖然這種想法讓人不太舒服，但或許也無可奈何。

「這麼說來，只要去那座森林裡就能找到鐮鼬了吧。」

在遇襲之前打倒對手就行了。

「妳該不會想在森林裡戰鬥吧？」

「那簡直是去送死啊。」

忍和五木先生都對我的發言感到震驚。

據他們所說，在死角多的森林裡，風刃不知道會從什麼地方飛過來，所以普通人根本不會在那種地方戰鬥。

可是，等待魔物現身不合我的個性。

而且我還有探測技能。

「沒問題的。如果附近有魔物，這孩子會通知我。我會盡快解決，然後回到這裡。」

我撫摸身旁的熊緩的頭。

「而且我想早點回旅館泡溫泉。忍可以留在這裡沒關係。我會跟熊緩一起到森林裡打倒鐮鼬的。」

麻煩事就要趁早解決。

「我也要去。」

「妳不用勉強。」

「我是來輔助妳的，多少能幫上忙。」

雖然我不太想讓別人看到我戰鬥的樣子，但也對忍的戰鬥方式有點好奇。

這個時候，熊緩大叫一聲，往森林的方向望去。

熊緩的反應讓我馬上進入狀況。我使用探測技能，發現鐮鼬的反應。而且還不只一隻。鐮鼬的反應正用非常快的速度移動著。

「鐮鼬來了！」

「真的嗎！」

「在哪裡？」

「熊緩，你在這裡保護五木先生。」

我對熊緩下達指示，然後朝鐮鼬奔去。

469 熊熊跟鐮鼬戰鬥 之一

離牛還有一段距離。

我奔跑著，但牛開始掙扎，想要逃離某種東西。不過，牛倒了下來。

太遲了。

我不能讓牛的犧牲白費。

某種東西在牛附近的地面快速移動。

那就是鐮鼬嗎？

速度很快，我無法看清，但確實是類似鼬的小型動物。

數量有三隻、四隻……五隻以上。

我邊跑邊放出冰箭。明明有輔助命中的效果，鐮鼬還是躲開了。

好快。

鐮鼬揮舞鐮刀般的手臂，風刃便切斷牧草，朝我逼近。我用魔法做出幾道土牆，確認鐮鼬的攻擊威力。

鐮鼬的風刃連一道魔法做成的土牆都無法破壞。

既然如此，只用一道土牆就足夠了。

我通過土牆旁邊，正要朝鐮鼬發動攻擊的時候，鐮鼬分成左右兩邊了。

「右邊交給我對付！」

我猶豫了一瞬間，忍便從後方對我喊道，然後朝右邊移動。

我朝左邊奔跑。鐮鼬對我放出風刃。

雖然能用土牆擋住，但缺點是視線會被土牆遮住，一瞬間迷失鐮鼬的蹤跡。

而且，當我試圖靠近，鐮鼬的風刃就會朝我飛來。

麻煩死了！

我想像熊的爪子，放出熊爪的風魔法。三道爪子般的風刃切開了鐮鼬的風刃，然後順勢砍死鐮鼬。

先解決一隻了。

我正要朝下一隻鐮鼬發動攻擊的時候，鐮鼬用驚人的速度在地面上飛奔，逃向森林。

正如忍所說，牠們一旦察覺危險就會逃進森林。

我原本想追上去，但又作罷。

對手或許比我想的還要麻煩。如果牠們主動攻擊，只要反擊就好了。可是牠們的動作很快，有時甚至會逃走。

比想像中還要難以對付。

「被牠們逃走了呢。」

我望向忍，發現地上有一隻倒地的鐮鼬，上面插著三支類似苦無的東西。忍好像也打倒一隻了。

忍拔出插在鐮鼬身上的苦無，用布擦乾淨，然後收進懷中。

她真的很像忍者。

順帶一提，她的胸部好像不大，只有這一點讓我很有親切感。

「優奈的動作很快，魔法的威力也很強呢。」

因為我使用了熊熊魔法，地面留下了痕跡。我覺得攻擊勝過防禦。熊熊魔法能抵擋對手的攻擊，同時也能攻擊對手，可說是一石二鳥。

老實說，我原本想繼續攻擊，把鐮鼬全部打倒的。

一看到我們結束戰鬥，五木先生就過來了。

「打倒牠們了嗎？」

「我跟優奈一人打倒一隻。其他鐮鼬逃到森林裡了。」

忍望著倒在地上的鐮鼬，這麼說明。

「這樣啊。不過，妳們幫了大忙。要是沒有妳們兩個在，情況一定會更糟。」

五木先生轉頭望向倒下的牛。

「話說回來，真虧妳能發現鐮鼬來了。」

「都是因為有這孩子通知我。」

我撫摸跟著五木先生一起走來的熊緩的頭。

「熊緩連這種事都知道嗎？」

「如果有魔物靠近，牠會告訴我。」

「牠該不會也能察覺到人的氣息吧？」

「算是啦。」

聽到我這麼說，忍露出恍然大悟的表情。我或許太多嘴了。

「這麼說來，妳也有在旅館的房間裡召喚牠嗎？」

「誰知道。」

要是忍向心葉告狀就糟了，所以我含糊帶過。

「我總算搞懂了。」

忍好像明白了什麼，一個人連連點頭。

總而言之，我將自己打倒的鐮鼬收進熊熊箱。

「接下來要怎麼辦呢？」

「我打算進到森林裡，打倒剩下的鐮鼬。」

「果然還是要去嗎？」

忍這麼問道。

「因為在這裡等待也很浪費時間。」

如果知道牠們什麼時候會出現，那倒還值得等待。然而，等著不知何時會出現的東西只是浪費時間。

比起防守，我比較傾向進攻。

而且這麼做並不魯莽。我有探測技能，不必擔心被偷襲，也能作好心理準備。再說，鐮鼬才剛進到森林裡，或許還沒有跑到太深的地方。

「忍就留在村子裡吧。如果我不在的時候有鐮鼬跑過來，到時候就拜託妳了。」

「不，我也要一起去。既然已經接下委託，我就會陪著妳。」

「有熊緩陪著我，所以不用了。」

我看著熊緩。

在和之國說到熊夥伴，就讓我想到扛著斧頭的金太郎。這麼說起來，我就是扮演金太郎的人了。雖然是自己想像的，我依舊不太想扮演金太郎。

我正在想像奇怪的事時，熊緩用疑惑的表情看著我。

我摸摸熊緩的頭，若無其事地說了「沒什麼啦」。

結果忍還是決定跟過來，於是我、熊緩與忍踏進了森林。

五木先生一臉擔心，但仍說了「拜託妳們」。

順帶一提，疾風丸已經被召回，所以不在。

「熊緩，如果有魔物出現，要告訴我喔。」

「咿～」

雖然我用探測技能就知道，但身邊還有忍在，於是我這麼拜託熊緩。

「我想確認一件事。」

「什麼事？」

「妳聽得懂熊緩在說什麼嗎？」

「我知道牠想表達什麼。」

「真厲害。」

「因為我們已經相處很久了。」

儘管我跟熊緩與熊急只認識幾個月，卻有種相處了好幾年的感覺。現在我已經無法想像沒有熊緩與熊急的生活。

熊緩與熊急是我心愛的家人。

我們在森林中前進。我走在最前頭，熊緩跟在我後面，最後是忍。

「我會在後面掩護優奈的。」

「熊緩會保護我，所以不用了。」

「咿～」

熊緩這麼回應，彷彿在說「交給我吧」。

「嗚嗚，妳好冷淡喔。這種時候應該對我說『交給妳了』嘛。」

我當然不可能把自己的背後交給一個剛認識的人。

況且還是個超級可疑的類忍者。忍者或許會為主人效命，但我不認為她會為才剛認識幾天的我冒險。再說，既然我不知道忍的實力，當然無法放心交給她。

如果要把我的背後交給他人，對象只有熊緩與熊急。

我用探測技能確認，發現了鐮鼬的反應。

看來牠們還沒有逃到森林深處。

以那麼快的速度逃走，應該能輕易逃出探測技能的範圍。牠們一進入森林裡就安心了嗎？

熊緩輕輕地叫了一聲。

「該不會就在附近吧？」

聽到熊緩的叫聲，忍這麼小聲問道。

「對。」

我一邊用探測技能確認，一邊緩緩拉近與鐮鼬的距離。

附近有兩隻。

就在稍遠處的草木之中。

我用探測技能確認距離與方向，往有鐮鼬反應的地方放出兩支冰箭。於是，鐮鼬的反應從探測技能上消失。

「該不會打倒了吧？」

看來已經是順利命中了。既然躲不掉，就會命中。

「只打倒兩隻。不過，好像還有其他鐮鼬，所以我們要小心前進，不要發出聲音了。」

要是牠們用那麼快的速度在森林裡到處移動，事情就麻煩了。最好在牠們亂跑之前打倒。

「我很擅長安靜地移動，沒問題。」

竟然擅長躡手躡腳地走路，如果是跟蹤狂就恐怖了。不過，忍者的工作是蒐集情報，或許本來就類似跟蹤狂吧。

忍者會從天花板、牆壁後、樹上偷窺他人，搞不好還會躲在床底下。倘若是原本的世界，這種行為完全是犯罪。

「優奈，妳是不是在想什麼奇怪的事？」

好敏銳。她該不會讀出我的心聲了吧？

這也是忍術嗎？

「我什麼也沒想。」

無論如何，我隨口蒙混過去。

我回收用冰箭打倒的鐮鼬，尋找朝下一隻鐮鼬。

每次熊緩都會發出小小的叫聲，就像是要幫我帶路。

這就叫做心靈相通吧。

「第三隻。」

「第四隻。」

我一一打倒躲在草叢裡的鐮鼬。

我一邊打倒鐮鼬，一邊在森林中前進。目前已經打倒十隻左右了。

「輪不到我出場呢。」

雖然我也想見識忍的實力，但萬一被鐮鼬發現而逃走，那便傷腦筋了。

當我順利打倒鐮鼬，朝下一隻鐮鼬放出冰箭的時候，草木開始震動，鐮鼬移動了。

第一次被躲開了！

從草叢中現身的鐮鼬有著不同的毛色。

「銀色？」

從草叢中跳出的是兩隻銀色毛皮的鐮鼬。

兩隻銀色的鐮鼬只跳出草叢一瞬間，然後又馬上消失到草叢裡。

我用探測技能確認，牠們的動作相當快，轉眼間便遠離了我們。而且，牠們分頭逃往左右兩

側。

「銀色的鐮鼬嗎？而且還有兩隻。這下子遇上難纏的對手了呢。」

忍露出有點嫌麻煩的表情。

「什麼意思？」

「妳就當牠們是非常強的鐮鼬吧。牠們的動作很快，知覺也很靈敏，所以攻擊很難命中。另外，銀色鐮鼬使出的攻擊能切開廉價的鐵製鎧甲。」

那不是相當棘手嗎？

可是，探測技能上只顯示牠們是鐮鼬。這種時候不會標示為亞種鐮鼬或是銀鐮鼬嗎？

「能把其中一隻交給妳嗎？」

我決定稍微借助忍的力量。如果她拒絕或是逃避也無所謂，那就表示她只有這點程度。

「雖然我想拒絕，但不行吧？」

「妳不是來幫我的嗎？」

「……了解。」

忍勉強答應了。

「熊緩說其中一隻在那棵樹附近。」

我用探測技能確認牠們逃跑的方向，這麼告訴忍。

「熊緩要先回來嗎？」

我對熊緩展示熊熊玩偶手套。

熊緩叫了一聲，然後搖搖頭。

「既然這樣，其他的鐮鼬可以拜託你嗎？」

稍遠的地方還有其他鐮鼬的反應。

如果在我們跟銀色鐮鼬戰鬥的時候出現就麻煩了。

熊緩叫了一聲，高興地答應我的請求。看來牠似乎很高興我願意依賴牠。

可是，只有熊緩讓我有點擔心，所以我決定再召喚熊急。

因為有忍在場，我原本不想召喚，但這也是為了降低熊緩的風險。

我從左手的白熊玩偶手套召喚出熊急。

「是白熊耶。」

「熊急，拜託你跟熊緩一起打倒周圍的鐮鼬。可是，如果遇到銀色的鐮鼬，你們就逃走，我會打倒牠們的。」

我不想看到熊緩與熊急受傷的樣子。

「咿～」

熊急跟熊緩一樣，用「交給我吧」的表情叫了一聲。

「那麼，大家出發吧。」

「不理我是吧……」

雖然我知道忍從剛才開始就一直擺出對熊急很好奇的表情，但現在沒有時間說明了。

我開始行動的同時，所有人也開始行動。

470 熊熊跟鐮鼬戰鬥 之二

我對躲在草叢裡的銀色鐮鼬放出冰箭。可是，銀色鐮鼬翻轉身體，躲開了冰箭。

銀色鐮鼬用敏捷的動作躲在草木之間移動。我正要低頭確認探測技能的時候，左側的草叢開始搖晃，風刃從中飛了出來。

我趕緊做出土牆來抵擋，土牆卻被切開了！

我反射性地將白熊玩偶手套往前舉，擋住風刃。

威力好強。

要不是有神給我的熊熊玩偶手套，情況就危險了。

忍說牠們能把鐵切開，看來所言不假。

我朝發出聲音的草叢施放風刃。風刃切開草叢，襲向銀色鐮鼬，但被牠躲開了。

我總算知道忍為什麼會說牠們的知覺很靈敏，攻擊很難命中了。

原來體型嬌小、動作敏捷的對手這麼難纏。

而且，戰鬥的地點也很麻煩。草叢很礙事，但最礙事的是樹木。

移動時會被擋住，而且把樹砍倒也只會增加鐮鼬的躲藏地點。實際上我已經砍倒幾棵樹，鐮鼬會利用倒下的樹木，一邊躲藏一邊移動。

地形上完全是對方占優勢。

如果這裡是視野開闊的地方，還有其他方法能戰鬥，但是我自己提議要來的。

追根究柢，我根本沒聽說還有比普通鐮鼬更高階的品種。

銀色鐮鼬正如忍所說，速度與攻擊力都比先前打倒的鐮鼬還要高上幾階。其中最棘手的是靈敏的知覺。

牠們毫無疑問是高階品種。

銀色鐮鼬一邊在草叢中亂竄，一邊放出風刃。我用熊熊風刃抵擋。

風刃與風刃相撞，然後捲起一陣旋風，使草葉隨風飛揚，遮蔽了視線。

煩死了！

我瞄了一眼探測技能，確認銀色鐮鼬的位置，然後放出風刃。樹木倒了下來。

再這樣下去，森林受到的損害會愈來愈大。

而且也不能用火燒。

我深呼吸，開始思考。

……試試那一招吧。

既然對手很嬌小，我也要靠嬌小來一決勝負。

我做出尺寸與小狗相當的熊熊土偶。十隻以上的小熊並列在地面上。我對小熊土偶灌注魔力，瞄準銀色鐮鼬。

「小熊們，上吧！」

我揮舞手臂，小熊便開始行動。

這是我新構想的魔法——小熊軍團。

因為體型嬌小，所以攻擊力偏弱，但魔力消耗量少，能做出很多的數量。

小熊們在地面上奔跑，朝銀色鐮鼬前進。銀色鐮鼬試圖逃走，然而小熊們就像獵犬般窮追不捨。

銀色鐮鼬朝小熊放出風刃，砍壞它們。可是，由於小熊數量眾多，就算被打倒，下一隻小熊也會撲向銀色鐮鼬。

鐮鼬衝過草叢，小熊們用團團包圍的方式追逐牠。鐮鼬逃到樹上，但其中一隻小熊撲上去抱住了牠。

抓到了！

小熊土偶的重量讓銀色鐮鼬的動作變得遲鈍。另一隻小熊撲向動作變慢的銀色鐮鼬並抱住牠，讓牠從樹上墜落，於是其他小熊也紛紛壓上去，使得銀色鐮鼬無法動彈。小熊們已經完全壓

制住銀色鐮鼬了。

我靠近無法動彈的銀色鐮鼬，給牠最後一擊。

「呼。」

比想像中還要費力。

熊緩與熊急呢？還有忍呢？

我環顧四周，遠處有聲音傳來。我使用探測技能，確認其他人的位置。

熊緩與熊急的反應在相當遠的地方。雖然我也很在意忍，但我朝熊緩與熊急的方向奔去。

我奔跑著，然後驚訝地發現周圍的慘狀。

草叢被切開，樹木也倒在地上。

發生什麼事了？

該不會是銀色鐮鼬吧？

我奔向熊緩與熊急所在的地方，看見牠們正在跟銀色鐮鼬戰鬥。

為什麼牠們正在戰鬥？

銀色鐮鼬放出風刃，攻擊熊緩。熊緩用敏捷的動作躲開。鐮鼬連續放出風刃。熊緩揮舞前腳，砍斷風刃。

牠們正靠著精靈石——熊礦，使用魔法戰鬥。

熊緩用爪子放出風魔法，逼銀色鐮鼬就範。銀色鐮鼬逃跑。可是，牠逃跑的方向被熊急阻擋了。

熊急的爪子襲向銀色鐮鼬。無路可逃的銀色鐮鼬被熊急的攻擊打中，翻滾到地面上。不過或許是傷勢不足以致命，銀色鐮鼬繼續掙扎，試圖逃走，但牠倒下的地方有熊緩在，於是一命嗚呼。

結束戰鬥的我靠近熊緩與熊急。

「熊緩、熊急，你們為什麼要跟銀色鐮鼬戰鬥？」

「「咿～」」

我用稍微強硬一點的語氣質問，熊緩與熊急便垂下了頭。

可是既然牠們做了危險的事，我就應該好好罵牠們一頓。

如果熊緩與熊急有什麼萬一，我肯定會後悔莫及。

「為什麼要這麼亂來？我說過了吧，銀色鐮鼬要交給我，你們去對付普通的鐮鼬就好。」

「「咿～」」

熊緩與熊急發出傷心的叫聲。

「那是因為剛才有別的銀色鐮鼬靠近妳喔。」

不知何時來到這裡的忍代替熊緩與熊急，這麼答道。

「熊緩牠們是為了讓銀色鐮鼬遠離妳，才會發動攻擊的。」

「是嗎？」

聽完忍說的話，我這麼詢問熊緩與熊急。

「「咿～」」

熊緩與熊急微微點頭。

這些召喚獸為了保護我，甚至違抗我的命令。牠們倆的心意讓我有點高興。

得知理由以後，我就不忍心苛責牠們了。

「唉。」

我嘆了一口氣，溫柔地撫摸熊緩與熊急的頭。

「謝謝你們。可是，以後別再做危險的事囉。」

「「咿～」」

熊緩與熊急高興地叫了。

不過，我覺得牠們倆的動作好像比平常快，這也是多虧有熊礦的關係嗎？

我看著熊緩與熊急的緞帶。

雖然我不知道熊緩與熊急變強了多少，但既然牠們有更多力量能保護自己，那就太好了。

「對了，忍那邊的情況呢？」

「打倒嘍。」

忍帶著笑容回答。

我仔細觀察忍，發現她有一部分的衣服破掉了。

「妳的衣服破了，有受傷嗎？」

「啊，沒事啦。我在千鈞一髮之際閃掉了攻擊。」

忍把衣服破掉的地方翻開，皮膚上確實沒有傷口。或許這就是所謂的有驚無險。

「可是我的衣服報銷了。真希望能拿到追加報酬呢。不過，既然已經打倒銀色鐮鼬，那就沒問題了。」

看來銀色鐮鼬的價值頗高。

可是，既然忍知道熊緩與熊急的事，就表示她在跟銀色鐮鼬戰鬥的同時，還能觀察我們。

我詢問她為何知道熊緩與熊急採取行動的理由，她便若無其事地回答「碰巧發現的啦」。

要不是打得相當輕鬆，根本沒有餘力分心。

忍到底是何方神聖呢？

「這樣就解決所有鐮鼬了嗎？」

我正在思考關於忍的事情時，她這麼問道。

「熊緩、熊急？」

我假裝詢問熊緩與熊急，用探測技能確認周圍。

沒有魔物。看來普通的鐮鼬都被熊緩與熊急打倒了。

熊緩與熊急同時叫了一聲，就像是在回答我的問題。

「周圍好像已經沒有了。」

「是喔，太好了。銀色鐮鼬實在很棘手。有優奈跟熊緩還有白熊在，真是幫了大忙。」

「咿～」

熊急對忍發出抗議的聲音，用身體撞了忍一下。

「怎麼了？」

「因為只有熊急沒被妳叫到名字，所以牠生氣了。」

「那真是對不起了。呃，你叫做熊急對吧？」

「咿～」

熊急被忍稱呼名字，高興地叫了。

「熊急這個名字也很可愛呢。」

名字被讚美，熊急就更高興了。

我當初取名時沒有想太多，看牠這麼喜歡，我也很高興。

後來我們回收了打倒的鐮鼬，離開森林。

森林變得有點慘不忍睹，不會有事吧？

471 熊熊吃和牛

要是突然帶熊急回去，或許會引發大騷動，所以我在返回村子之前將熊急召回。

「熊急，對不起喔。回去之後，我會好好陪你的。」

「咿～」

熊急看起來有點難過，所以我先摸了牠的頭再召回牠。

「好可憐喔。熊急剛才好像很難過呢。」

「是沒錯，但是多一隻熊會嚇到人的。」

「說得也是。」

而且說明起來很麻煩，請牠忍耐一下就好了。

「所以，我們快點報告然後回去吧。」

我想快點回到旅館，跟熊急一起泡溫泉，晚上也要跟牠一起睡覺。

我們回到村裡時，已經有幾個男人正在等待了。

「太好了，她們平安回來了。」

「她真的打扮成熊的樣子耶。」

「而且還帶著熊。」

「這個打扮成熊的女孩子特別來打倒鐮鼬嗎？」

男人們的視線集中到打扮成熊的我和熊緩身上。

不管是哪裡的人，反應都一樣呢。

忍在我身旁小聲說著「我也在耶」。

「那麼，兩位小姑娘，鐮鼬呢？」

「我們打倒了。」

忍代替我回答。我們各自從道具袋裡取出打倒的鐮鼬。

看到鐮鼬的男人們驚訝地望著我們。

包括忍在內，他們或許不期待像我們這樣的女孩子能打倒鐮鼬。

「鐮鼬真的被打倒了。」

「這麼一來，我們就能安心生活了。」

「小姑娘妳們真厲害。」

「我就說我看過她們打倒鐮鼬的樣子，所以沒問題了吧。」

五木先生有點得意地對其他男人說道。

「還敢說呢？你昨天明明就說自己不得不委託一個打扮成熊的奇怪女孩。」

「我是說過，但我也說冒險者公會後來有介紹別的冒險者給我，所以沒問題啊。」

「可是，公會只介紹了一個女孩子給你，所以你也很不放心吧。」

他們果然對女性冒險者不放心嗎？

年齡可能是更大的問題。我和忍都比其他冒險者年輕。如果我們更年長一點，或許情況就不同了。

其中一個男人看著鐮鼬，臉色有了變化。

「這是銀色的鐮鼬嗎？」

「真的耶，竟然還有三隻。」

男人們驚訝地看著銀色的鐮鼬。

「我們費了一番工夫才打倒牠們。牠們動作很快，還把我的衣服割破了。」

忍展示衣服破掉的部分。破掉的部分在手臂與肚子的位置。幸好她這次沒有把肚子露出來。

剛才看到的時候，我覺得她的肚子很緊實，跟我的肚子不同。

雖然我總覺得自己或許該運動一下比較好，卻還是懶得運動。

「妳受傷了嗎？」

五木先生一臉擔心地問道。

「沒事啦，只是衣服破了。我可沒有想多收追加報酬喔。」

不，這麼說就等於是要求對方追加吧。

忍看著破掉的衣服與男人們。

「……我們會追加委託金的。」

聽到五木先生這麼說，忍露出高興的表情。

好吧，既然是冒險者，這樣或許也很正常吧？

既然打倒了比預計更強的魔物，就算收取合乎工作內容的追加報酬也不奇怪。

「不過這麼一來，牛和其他動物就不怕被襲擊了吧。」

村民都一臉高興。

可是，有件事我必須說。

「很抱歉潑你們冷水，但我們只打倒了村子周圍的鐮鼬。或許還會有其他鐮鼬從森林深處過來。」

現實可不像遊戲一樣，打倒魔物就結束。森林裡或許還有其他鐮鼬，殘存的鐮鼬仍然有可能襲擊村子。

不過，忍反駁了我的說法。

「按照過往的經驗，不會那樣的。鐮鼬會成群行動。既然有這麼大的群體一起出現，我們可以當作已經全部打倒了。而且熊緩已經確認過周圍的情況了吧？」

忍看著我和熊緩，這麼確認。

「嗯，那附近已經一隻都沒有了。」

我代替熊緩回答。

「既然有熊緩的保證，那就更不用擔心了。」

看來我們回去之後的事情也不需要擔心。

「還有，因為跟銀色鐮鼬戰鬥的關係，森林裡的樹被我砍倒了。」

我不希望村民事後來抱怨，所以轉達了自己不小心砍倒幾棵樹的事。

「既然如此，我們會把那些樹拿來用，所以沒問題。」

木材有許多用途，幸好倒下的樹不會浪費。

「那麼，妳們跟魔物戰鬥也累了吧。我們準備了房間，妳們就好好休息吧。」

「真的嗎？那我就恭敬不如從命了。」

忍接受了五木先生的好意。

「那我就先回去了。」

「咦，妳不留下來休息嗎？」

我說的話讓忍露出驚訝的表情。

「反正我也不累。」

而且既然要休息，我比較喜歡附設溫泉的旅館。我想在榻榻米上跟熊緩與熊急一起耍廢。

「請別這麼說，我們也準備了午餐。」

「這個村子的牛肉很好吃喔。」

因為這裡是和之國，該不會有和牛吧！

我的心開始動搖。

在克里莫尼亞也吃得到牛肉。可是，一聽到美味的肉就會想吃是人之常情。

雖然我很想吃，但看到牛之後再吃好像有點……我原本這麼想，卻又不介意了。

我吃過野狼的肉、孤兒院養的鳥，也看過菲娜處理肉的樣子。如果是以前的我，或許會拒絕，但來到異世界之後，我的心好像變堅強了。不過，我到現在依舊不敢肢解就是了。

經過一番思考，我決定接受村民的款待。

我們被帶往一棟房屋。

忍走在前頭，接著是我跟熊緩。

來到房屋入口，替我們帶路的男人便有點難以啟齒似的開口說道：

「不好意思，那隻熊……」

「咿～？」

我還在想他說的是哪隻熊，原來他正看著熊緩。

熊緩一臉疑惑地微微歪起頭。

「可以的話，希望牠能待在外面。」

因為牠既是動物，又是熊，這也沒辦法。但熊緩用悲傷的表情看著我。

「不行嗎？」

我這麼詢問男人。

「畢竟牠的體型很大。」

應該請牠在外面等，還是跟熊急一樣召回呢？或許我應該拒絕，果斷地回去。我正在猶豫的時候，身旁的忍開口了。

「這隻熊對打倒鐮鼬也有貢獻。我們能打倒所有逃竄的鐮鼬，甚至打倒銀色鐮鼬，都是多虧有熊緩。熊緩這麼努力，你還要叫牠獨自在外面等嗎？」

男人聽了忍說的話之後，看著熊緩，發出陷入苦思的呻吟，然後開口說道：「好吧，那隻熊也能一起來。」

「熊緩，太好了。我們可以一起吃肉了。」

忍撫摸熊緩的頭。

「咿～」

熊緩露出高興的神情。

熊緩開始對忍敞開心扉。

這該不會是忍術吧？我聽說女忍者會用色誘的方式來獲取情報。

她想從熊緩身上獲取情報嗎？我的腦中冒出這個愚蠢的想法，但她不可能聽懂熊緩在說什麼。她好像只是喜歡熊緩而已，撫摸熊緩的表情也顯得很幸福。

我跟熊緩一起走進屋裡。

「那麼，請妳們稍等一下。」

男人走出房間。

「真令人期待。」

「咿～」

熊緩也表現出開心的樣子。

現場只剩我跟忍兩個人，所以我決定問起自己一直想問的事。

「忍，妳為什麼要跟我一起來執行這次的委託？」

「我覺得只有妳一個人的話，可能會被拒絕。」

「就算我被拒絕，跟妳也沒有關係吧？」

工作就是這樣。我被拒絕後，還是有別人會承接這份工作。

這點小事連我也懂。

即使在原本的世界沒有工作經驗，我也在這個世界體驗過了。

「因為……」

「因為？」

「因、因為可愛的熊熊好像很困擾嘛。看到可愛的女生有困難，沒有女生不會主動關心的。」

忍用曖昧的微笑這麼說道。

「那是男人會說的台詞吧。」

不過，我從來沒有被男人搭訕過就是了。

「不不不，女生也是會關心可愛女生的。」

我用懷疑的眼神看著忍。

「別用那種眼神看我嘛。啊，肉來了，我們開動吧。」

忍為了轉移話題而看著門，這時男人帶著木炭和肉回來了。

「讓妳們久等了。」

男人點燃木炭。雖然我還想繼續質問忍，但時機不對，只好放棄。

然後，當炭火達到適當的溫度，我把肉放到烤網上。

肉開始滋滋作響，漸漸烤熟。

看起來真好吃。

桌上有類似醬油的調味料，我沾了一點來吃，味道非常棒。

買一些回去當伴手禮好了。

多買一點，保存在熊熊箱裡也不錯。那樣一來，我就能隨時吃到和牛了。

「咿～」

熊緩露出很想吃的眼神。

我把烤好的肉放到熊緩口中。

因為不是小熊型態，牠的嘴巴很大。不過，熊緩仍然吃得津津有味。

「熊緩，要不要也吃我烤的肉？」

忍把自己烤的肉放到熊緩嘴裡。

「如果有比較大塊的肉就好了。」

忍這麼一說，男人就替熊緩帶來了比較大塊的肉。

這頓飯恐怕不便宜，所以我婉拒了委託的追加報酬。結果，連忍也一起婉拒了。

「我會把鐮鼬賣掉，所以沒關係。」

忍這麼說道。

然後，我替唯一沒有口福的熊急買了肉。

晚點再召喚的時候，熊急一定會鬧彆扭。所以，能討牠歡心的材料愈多愈好。

順帶一提，村民說要當作禮物送我，但我鄭重地拒絕了。

472 熊熊聽忍說

享用完餐點的我們道了謝，準備踏上歸途。走出村子的時候，有許多人來替我們送行。

我騎著熊緩，朝城市前進。載著忍的疾風丸跑在我們旁邊。

「優奈，回到城裡之後，我有事想跟妳談談。」

「跟我談談？」

「希望妳能聽我說。」

「該不會跟妳這次一起執行委託的理由有關吧？」

「這個嘛，確實有關。」

她剛才明明避而不答，為什麼又改變心意了呢？

還是說，她不方便在那裡提起？

「如果是麻煩事，我拒絕。」

現在的我是來觀光的，所以不想處理麻煩事。

「嗚嗚，別這麼說嘛。」

「所以，真的是麻煩事？」

「……沒錯。」

忍坦白回答。

「那我就更不想聽了。」

「別這樣，聽我說嘛。拜託妳啦。」

「那麼，如果妳把瞞著我的事情全部說出來，我就聽聽看妳要說什麼。」

我想知道忍纏著我不放的理由。

我不知道忍為什麼要接下這次的委託。她曾經說過，不是跟我一起來就沒有意義了。我實在搞不懂忍的言行舉止究竟是什麼意思。

我不喜歡這種不明不白的感覺。

如果我聽過內容之後還是覺得很麻煩，只要假裝沒聽見就好了。

「我知道了，回到城市之後我就說。」

我跟忍回到城市之後，前往冒險者公會報告委託已經完成的事。

「我們回來了。」

忍用彷彿回到家的口氣說著，走進冒險者公會。因為忍在進門的時候出聲，眾人的視線都集中到我們身上。不過，忍不以為意地走向櫃檯。

「我們完成委託了。」

忍出示委託書與公會卡，我也一起交出公會卡。

櫃檯小姐確認了委託書。委託書上有五木先生的簽名，可以證明我們已經達成委託。

「辛苦兩位了。那麼，請問鐮鼬要怎麼處理呢？由公會收購嗎？」

「麻煩了。鐮鼬還把我的衣服割破了呢。」

忍把破掉的地方展示給櫃檯小姐看。

「哎呀，忍小姐很少有這種情形呢。」

「因為有銀色鐮鼬出沒啊，而且還有三隻呢。」

「真的嗎？這麼說來，是忍小姐把……」

「我打倒了一隻，優奈打倒了兩隻。」

「優奈小姐是指……」

櫃檯小姐轉頭望向我。

「真的嗎？」

她用不敢相信的眼神看著我。

「是真的。而且，大部分的鐮鼬都是優奈一個人打倒的喔。」

不過，實際上是熊緩與熊急打倒的。

「優奈打算怎麼處理鐮鼬？」

怎麼辦呢？請公會收購比較好嗎？

還是說，要拜託菲娜？

雖然她現在不必再做肢解的工作了，但我都買了祕銀小刀給她，所以我決定了。

我要拜託菲娜。如果她不會，再拜託根茲先生就好了。

「不用了，我要自己留著。」

「那樣會腐爛喔。」

「我的道具袋很特別，所以沒關係。」

說著，我讓熊熊玩偶手套的嘴巴開開闔闔。

「那麼我把委託金交給兩位，請自行平分吧。」

櫃檯小姐說完便把錢放在桌子上。然後，忍抓起大約一成的錢。

「我的份大概這麼多吧。」

「妳可以拿一半喔。」

「那怎麼好意思？我只打倒一點點，所以剩下的都是優奈的份。」

「可以嗎？」

以打倒的數量而言，確實沒錯，但我從忍的口中聽說了鐮鼬的情報。情報也具有充分的經濟價值。

「這樣分很公平，妳不用放在心上。相對地，我也要請妳聽聽我說的話。」

「妳該不會是想用錢收買，讓我不好意思拒絕吧？」

人家總說免費的最貴。

「我才不會做那麼卑鄙的事咧。」

經過一番猶豫，我決定收下。如果有什麼萬一，再還給她就好。

「既然這樣，我就心懷感激地收下了。」

我將錢收進熊熊箱。

拿回公會卡，也完成委託的報告後，接下來我想回旅館休息，但還得聽聽忍要說些什麼。

「所以，我們要去哪裡談？」

「我不想被別人聽見，所以能去妳住的房間嗎？」

「可以啊。」

我們決定到我的旅館房間談談忍的事。

於是，我們回到了旅館。

「優奈小姐、忍小姐，歡迎回來。」

心葉出面迎接我們。

「我回來了。晚餐時間一到，就再麻煩妳了。」

「另外，我也要住下來，所以請幫我準備房間。」

「好的，謝謝惠顧。」

忍辦完住宿的手續後，跟我一起移動到我住宿的房間。

「這個房間真不錯呢。」

忍在屋內四處張望。

我在房間裡的坐墊上坐下。

「所以，妳到底要說什麼？」

忍也在桌子對面的坐墊上坐下。

「其實我正在找這個男人。」

忍從懷裡取出某種東西。她取出的東西是一張紙。忍將對折再對折的紙張攤開，上面畫著一個相貌凶惡的男人肖像。他的眼神很嚇人，左眼戴著眼罩。

這張紙看起來就像通緝令一樣。

「這個一臉就像壞蛋的男人是誰？」

我絕對不想跟這種人扯上關係。

「他是我的殺父仇人。」

「…………」

我陷入沉默。

突然出現了沉重的詞彙。

我開始後悔聽她說了。在漫畫或小說中，復仇的故事很少有快樂結局。幾乎所有的復仇者都會同樣遭遇不幸。

「妳該不會想拜託熊緩幫妳找人吧？牠辦不到的。」

熊緩能辦到的事，頂多跟探測技能相同。另外，牠好像也能辨認我或菲娜等熟人。所以，牠沒辦法找出這種素未謀面的人物。

「不，不是那樣的。如果能找到對方當然很有幫助，但他似乎就在這座城市裡。」

可是城市相當廣大，要找到一個人並不容易。

「既然如此，妳想拜託我的事是什麼？」

「優奈，妳比我強吧？」

「也許是妳比較強喔。」

「沒那回事啦，優奈比較強。」

她該不會是為了確認我的實力，才會跟著我的吧？

可是，以第一次見面的印象來說，正常人應該不會覺得我很強，只會覺得我是個打扮怪異的女生。

我總覺得她的說詞和行為的順序有點對不上。

「所以，妳是要我去打倒這個男人嗎？」

「如果我有什麼萬一就拜託妳了。」

「有什麼萬一是什麼意思？」

我還以為她要拜託我幫她報仇，但好像不是那樣。

「我會逮到這個男人。所以優奈，萬一我倒下，到時候就拜託妳了。希望妳能在一旁守候，直到我倒下為止。當然了，我不會要妳做白工。我會付錢的。」

忍說完，從道具袋裡拿出一個束口袋。她把束口袋打開，裡面裝著錢。金額相當大，大概買得起一棟小房子。

「這是我的所有財產。如果我死了，希望妳能代替我抓住這個男人。」

忍用認真的表情看著我。

「萬一我死了，就算有錢也沒意義。所以，這些錢就歸妳。啊，可是，如果我成功逮到這個男人，希望妳能把錢還給我。」

忍笑著這麼說道。

「我搞不好會帶著這些錢逃走喔。」

「這兩天來，我都把妳的為人看在眼裡。我覺得妳不會做那種事，所以才告訴妳。妳當初還主動關心了遇到困難的五木先生呢。」

那只是因為我想見識一下鐮鼬而已。

「牛被襲擊的時候，妳比誰都更早採取行動。」

我本來就是去狩獵魔物的，當然要採取行動了。

「由於村民深受其害，妳不惜進入危險的森林，打倒了鐮鼬。」

那只是因為我懶得花更多時間而已。

「妳明明打倒了銀色鐮鼬，卻沒有自傲，也沒有要求委託人增加報酬。」

忍倒是有要求，應該說是暗示。

「而且，由於村民招待我們吃飯，妳拒絕了追加的委託金。」

那是熊緩吃了太多肉，所以我才會婉拒。

「該不會就是因為這樣，所以妳也不收這次的委託金吧？」

「那只是合理的分配。」

「可是，為什麼要找我？應該還有其他實力堅強的冒險者吧？把這種事交給剛認識的我，不是很奇怪嗎？」

正常來講，一般人根本不會想要拜託我這種穿著熊熊布偶裝的人。

「因為女人的直覺。第一次見到妳就讓我印象深刻，移不開目光了。」

那應該只是對我的熊打扮感到印象深刻，所以移不開目光吧。

「然後，我透過這次的委託了解了妳的實力，所以才想拜託妳。」

嗯～雖然我不覺得她在說謊，卻又覺得她好像隱瞞了自己真正的想法。

感覺有點可疑？

「這個男人有那麼強嗎？」

忍是C級的冒險者，也很受冒險者公會的信賴。我見過她戰鬥的樣子，知道她的階級不是浪

得虛名。而且她也能打倒我費了一番工夫才打倒的銀色鐮鼬。

「他很強。我想，這場戰鬥大概會很驚險。雖然我不想輸，但也不敢說自己一定能贏。所以，我希望妳能在我失敗的時候接手。」

忍對我低下頭。

雖然我並不後悔聽她說，但又覺得有點為難。

「我想確認一下，妳不是要殺他，只是要抓住他吧？」

「其實我很想殺了他。可是，他好像也有犯下其他的罪。說不定還有別人跟我有同樣的遭遇，所以我想逮到他，逼他認罪。」

對手愈強，要抓住對方就愈困難。實力差距愈近，難度愈高。萬一走錯一步，自己或許會賠上性命。

……所以，忍才會拜託我在她失敗的時候接手。

「既然這樣，告訴有能力的組織，請他們去抓人就好了吧？」

我是不太懂，但就類似警察局或衙門之類的地方吧？

「我沒有證據，所以說了也沒用。」

我曾經打傷人，但沒有殺過人。所以，如果她希望我殺死對方，我會毫不猶豫地拒絕。

「唉。」

我只能嘆氣。

說來說去，我跟忍已經是一起承接委託、一起跟魔物戰鬥、曾經同甘共苦的夥伴。

如果因為我拒絕，使得忍在我不知情的狀況下死去，我能想像自己的感受會有多差。

我應該會後悔地心想「要是有我在，她或許就不會死了」。

這麼想或許很自大，但我有神賜予的熊熊裝備。

我再度嘆了一口氣。

「知道了，我答應妳。不過，我有一個條件。」

「什麼條件？該不會是想要我的肉體吧？既然是優奈的請求……」

忍從肩膀開始褪去衣服。

「不對，我才不要那種東西。」

「好過分喔，竟然說我的肉體是那種東西。」

忍發出假哭的啜泣聲。

她嘴巴上說自己或許會死，態度倒是很游刃有餘。

也許忍只是想破壞現場的灰暗氣氛吧。

「如果我覺得妳有危險，我就會出手。」

「妳的意思是要妨礙我報仇嗎？」

忍露出有點動怒的表情。

「不是的。當妳快要被打倒，就等於是已經輸了。所以，到時候我會出手。我不答應等到妳

死了之後再行動。」

這是我唯一不能讓步的條件。要是她在我面前受重傷，甚至死去，我會有心理陰影的。

「妳用這麼認真的眼神看著我，我就不能拒絕了。這部分的判斷交給優奈妳吧。」

我決定接下忍的委託。

「對了，那個男人叫什麼名字？」

「妳看，他的臉頰上有個十字形的傷疤吧。」

我看著肖像畫，右邊臉頰確實有十字形的傷疤。

「像這樣用手指比出一個叉的手勢就代表數字十。所以，我叫他十兵衛。」

忍用手指比出一個叉。

手勢是用來跟遠處的人溝通的暗號吧。感覺愈來愈像忍者了。

不過，因為有十字形的傷疤，才叫做十兵衛啊。幸好不是因為戴著眼罩而叫做十兵衛。

如果名字的由來是這個，那也很令人傻眼就是了。

「那麼，妳有方法能找到這個男人嗎？我可沒辦法陪妳太久喔。」

雖然我答應要陪忍，但總不能長期陪著她。我也是有事要做的。我想探索和之國，也想去其他地方看看。而且我總有一天要回到克里莫尼亞。

「我知道最近有類似的人物在哪裡出現的目擊情報，打算去那附近找找看。所以，請妳陪我三天就好。如果還是沒找到，這次我會放棄的。」

可以的話，我希望能在這三天內作個了斷。我不希望自己下次再來和之國的時候，忍已經死了。

「啊，到時候要把錢還給我喔。」

我是打算把錢還給她，但聽到這種話就會讓人覺得不想還錢呢。不過，我可不想被她纏著不放，所以還是會乖乖還錢就是了。

「可是，我要收陪妳三天的費用喔。」

收取這點費用應該不過分。

我正在跟忍談論錢的話題時，敲門聲響起，心葉走進了房間。她好像送晚餐來了。

不過，原來已經到了這個時間。我們似乎聊了很久。

忍把放在桌上的肖像畫折起來，收進懷中。

心葉把料理擺放在空無一物的桌子上。

看著她工作的樣子，我發現異狀。

「為什麼有兩人份？」

桌上擺著兩人份的料理。

「因為我要跟優奈一起吃飯啊。」

「我可沒聽說這件事。」

「我不知道事情什麼時候能談完，所以就拜託人家了。」

話是這麼說沒錯。

但至少可以先跟我說一聲吧。

「妳該不會也要跟我睡在同一個房間吧？」

「妳想要跟我一起睡嗎？很可惜，我們住的是不同的房間。其實我也很想跟妳睡在同一個被窩裡呢。」

雖然我說要接下委託，但跟可疑的忍者住在同一個房間的話，我可睡不著。

「如果妳說要跟我住在一起，我會把妳趕出去。」

「那真是太令人寂寞了。」

我們對話的時候，心葉繼續擺放料理。

上桌的料理有點奇怪。

忍好像也注意到這一點了。

「我怎麼覺得差距有點大？」

沒錯，擺在我面前的料理與擺在忍面前的料理之間有著明顯的差距。擺在我面前的料理很豐盛，包含螃蟹和蝦子，給人高級料理的感覺。可是，忍面前的料理是烤魚和燉煮蔬菜等普通的菜色。

「優奈小姐住宿的房間比普通房間的費用更高，所以料理也比較特別。」

心葉回答了忍的疑問。

原來如此，所以料理才會這麼豐盛啊。就算有點貴，幸好我住的是好房間。房間裡有溫泉，又位在安靜的獨棟房屋，料理也很好吃。

然後，說到房間就讓我想起一件事。

「啊，對了。我還想在這個房間多住一陣子，可以嗎？」

因為我答應陪忍，所以要暫時留在這座城市。可是，我目前只付了三天份的住宿費。

如果有人預約了這個房間，我就得離開了。

不過，我說的話讓心葉很高興。

「好的，沒有問題。那麼，請問您要再住多久呢？」

我好像還能繼續住，太好了。

「那，我要再延長三天。」

「優奈還真有錢耶，竟然能住在這麼寬敞的房間裡。」

「因為剛才多了一筆臨時收入啊。」

我秀出裝了錢的束口袋。

「那是我的錢耶。」

雖然我打算還給忍，但這筆錢現在暫放在我這裡。

「話說回來，忍的住宿費呢？」

「沒問題，我已經付清了。」

忍的錢放在我這裡。我不覺得她已經把所有的錢都交給我，但她好像已經付清住宿費了。

支付追加的住宿費以後，我們開始享用有等級之差的料理。

儘管忍露出很想吃的表情，但我沒有分給她。

「對了，那個叫做十兵衛的男人到底有多強？」

我對忍的目光視而不見，邊吃螃蟹邊說道。

螃蟹果然很好吃，這些炊飯和天婦羅也很好吃。

「嗚嗚，這個嘛，他在劍術方面是一流的。」

忍一邊吃著烤魚，一邊這麼說起。

的確，從肖像畫的長相看來，是有那種感覺。

他一臉就是武士的樣子。

「而且，他還會用魔法。」

「魔法？」

「他會從劍尖放出風刃，比鐮鼬還要危險。」

說到魔法，就一口氣從時代劇變成奇幻劇了。

畢竟是有魔法存在的世界，這也沒辦法。武士竟然會用魔法，感覺還真奇怪。

不過，這個世界的居民大概會覺得穿著布偶裝的我沒資格這麼說吧。

「話說回來，妳對那個男人的了解還真多。妳有跟他戰鬥過嗎？」

「我看過父親跟他戰鬥的樣子。」

「是喔……」

她的意思是，自己親眼看見了父親被殺死的一幕嗎？

聽到這番話，我就很難再繼續問下去了。

「不過，會使用魔法就很棘手了。」

「我會挑起肉搏戰，不讓他用魔法。」

然後，我繼續聽忍解說關於那個男人的情報，結束用餐。

「全部都吃完了。結果，優奈還是沒有分東西給我吃。」

「因為這些都是我的嘛。」

餐點很美味。希望下次可以帶菲娜過來。光是美食和溫泉，住在這裡就有價值了。

「那麼，我要回房間了。」

我還以為她會說「我也要泡溫泉」。

「其實我很想跟優奈一起泡溫泉，但今天就先休息吧。」

忍乖乖離開了房間。

忍離開之後，這次換心葉來收拾餐具，然後替我鋪棉被。

在空無一人的房間裡，我召喚出小熊化的熊緩與熊急。

再不快點補償熊急的話，牠會鬧彆扭的。

可是……已經太遲了。

熊急背對著我，背影帶著落寞的氣息。

情況非常不妙，熊急完全進入鬧彆扭模式了。

「熊急？親愛的熊急？」

「咿～」

牠維持背對我的姿勢叫道。

哇～～～這下真的不妙了。

「熊急，對不起啦，我不是故意要忽視你的。」

我從後方抱住熊急。

今天我主要召喚的是熊緩。而且在遭到鐮鼬襲擊的村子，除了熊急以外的成員都有吃到肉。

不過，我特別替熊急買了肉回來。

「啊，我有買肉來喔。可是能在房間裡烤嗎？應該不行吧。」

我這番話讓熊急發出更難過的叫聲了。

這裡畢竟是旅館，我不能擅自用炭火烤肉。

哇～～～這下怎麼辦？快想啊我。

「我會跟你一起洗澡的，今晚一起睡覺吧。」

即使如此，熊急依舊不願意回頭。

「你真的這麼想吃肉嗎？」

熊急微微搖頭。

既然這樣，為什麼？

我正值煩惱之際，熊緩來到熊急面前，跟牠一來一往地叫著，看似是在對話。

對話結束後，熊緩走向房間的角落，窩在那裡。

呃，這是什麼意思？

我還一頭霧水的時候，熊急轉身面對我了。然後，牠就像是在撒嬌一樣，靠過來磨蹭我。

該不會是熊緩禮讓了熊急吧？

「熊緩？」

我呼喚房間角落的熊緩，但牠沒有反應。看來正如我的猜想。

牠的意思應該是自己並不介意，請我去陪伴熊急。

我決定接受熊緩的好意。

「那麼，熊急，我們兩個一起去洗澡吧。」

「咿～」

熊急高興地叫了。

我可得好好感謝熊緩。

我帶著熊急去洗澡，然後為了跟牠一起享用午餐吃過的肉，在房間裡設置熊熊傳送門。既然

不能在房間裡吃，只要在其他地方吃就行了。

「那麼熊急，我們兩個一起吃肉吧。」

雖然我才剛吃過晚餐，但這也是為了熊急。

我打開通往塔古伊之島的門，熊急便向熊緩叫了一聲。接著，原本靜靜窩在角落的熊緩走了過來。

「咿～」

「咿～」

熊緩與熊急又開始進行神祕的對話，然後一起走到熊熊傳送門前面。

看來這次是熊急邀請了熊緩。

牠們倆的感情真的很好。

於是，雖然已經吃過晚餐，我還是移動到塔古伊的熊熊屋，跟熊緩與熊急一起享用我在村裡購買的肉。

畢竟熊急好像很想一起吃嘛。

可是，因為一起吃烤肉，熊急的心情恢復了，我卻犧牲了自己的肚子。我撫摸自己圓鼓鼓的小腹。

我已經吃不下了。

於是，吃得很撐的我回到旅館，直接倒在棉被上。

「我動不了了。」

然後，我抱著熊急，進入夢鄉。

474 熊熊搜索男人、吃鰻魚飯、買糖藝品

隔天早上，熊急溫柔地叫醒了我。看來牠的心情已經完全恢復了。

太好了，太好了。

順帶一提，這次或許是顧慮到熊急的關係，熊緩窩在我的腳邊睡覺。

我也對熊緩道謝並撫摸牠。熊急能恢復好心情，也是多虧有熊緩。

「熊緩，謝謝你喔。」

「咿～」

順帶一提，我的圓鼓鼓小腹已經順利恢復原狀了。

吃過早餐之後，我為了尋找戴著眼罩且臉頰上有傷疤的男人，跟忍一起走在街上。

「大家都在看妳呢。」

「是啊。」

「有人用手指著妳耶。」

「是啊。」

「有人正在竊竊私語。」

「是啊。」

「我聽到有人提到熊。」

「是啊。」

因為我們昨天是在早晨出發，人潮還很少，沒有受到這麼多人注目。

然而，今天的目的是尋找臉頰上有傷疤、名叫十兵衛的男人，所以我們選在人潮多的時段上街。

我對周遭的目光視而不見，但忍似乎很在意。

畢竟忍者的工作就是避人耳目，才會在意吧？

「被這麼多人盯著看，感覺真難為情。妳不考慮換衣服嗎？」

「我不會換衣服的。妳對我唯一的衣服有意見嗎？」

我用稍強的語調問道。

這套熊熊布偶裝是我的便服，也是唯一的衣服。

「不，沒有啦。我只是好奇妳會不會害羞。」

當然會害羞了。可是，我不能脫下這套衣服，所以也無可奈何。況且我接下來還要去追捕罪犯，更不能脫掉熊熊裝備了。

「如果妳不想跟我走在一起，這次的事情要不要就算了？」

474

熊熊搜索男人、吃鰻魚飯、買糖藝品

「……我會忍耐的。」

忍放棄掙扎，繼續向前走。

人懂得放棄也是很重要的。

我們在眾人的注目之下，根據忍的情報搜索那個男人。

「嗯～沒那麼容易找到人呢。」

「要是能輕易找到他，我就不用這麼辛苦了。」

也對，說得有道理。

如果能輕易找到對方，我也不用忍受這麼多的目光了。

「肚子差不多開始餓了呢。優奈有什麼想吃的東西嗎？妳可以用我的錢買，我請妳。」

「可以嗎？」

「這點小錢沒什麼。」

「既然這樣，我就不客氣了。」

我接受忍的好意，前往我看中的店家。

「這裡是？」

店門口飄出美味的香氣。

「妳要吃鰻魚嗎？」

沒錯，這是我在搜索那個男人時找到的店。這裡會賣鰻魚，也就是鰻魚飯。接下來或許需要戰鬥，所以補充營養是很重要的。

「這家店很貴喔。」

忍露出一副很不想走進去的表情。

店家的外觀確實帶著高級感，看起來很貴。

可是，現在的我正想吃鰻魚。不進入這家店的選擇並不存在。

「錢不是問題。」

我秀出裝了錢的束口袋，裡面是忍的錢。

「優奈太無情了。」

於是，不必擔心錢的我走進店內。

「歡迎光……熊？」

女店員一看到我就愣住了。

這種反應只是家常便飯。我對女店員說道：

「我們有兩個人。」

「啊，好的。兩位是吧，請坐這邊。」

女店員用好奇的眼光頻頻瞄著我。

當然了，我對此視而不見。

話說回來，這股味道還真香。

好想快點開動。

我們被帶到位子上，開始看菜單。

「優奈想要點什麼？」

一道菜吸引了我的注意。

黃金頂級鰻魚飯。

而且，這道菜的價格是最貴的。

「黃金頂級鰻魚飯。」

既然是別人請客，當然要點最貴的菜色了。

「黃金頂級鰻魚飯嗎？還有更便宜一點的喔。」

忍指著普通的鰻魚飯。

「黃金頂級鰻魚飯。」

可是，我重複同樣的詞彙。

「嗚嗚，好吧，那就給我們黃金頂級鰻魚飯和這種普通的鰻魚飯。」

忍這麼對店員點餐。

店員用尷尬的表情說著「我明白了」，接受我們的點餐。

「可是，黃金頂級鰻魚飯是什麼？」

「妳不知道就點了嗎？跟普通的鰻魚不同，反射光線就會呈現黃金般的色澤，所以人稱黃金鰻魚。味道也跟普通的鰻魚不同，肉質肥美，很好吃的。」

既然那麼好吃，我就更該吃了。

「可是，因為數量稀少，所以價格高昂。」

「不必擔心錢的問題。」

我拿出忍交給我保管的束口袋錢包。

「那些是我的錢耶。」

「妳不是說我可以用這些錢吃午餐嗎？」

「我是說過，但至少也該遵守常識的範圍吧。」

我才沒有那種常識。想吃什麼就吃什麼是我的原則。

然後，經過一陣子的等待，黃金頂級鰻魚飯上桌了。

哦，看起來真好吃。

跟忍面前的鰻魚飯有著明顯的差異。

我拿起筷子，開始享用鰻魚飯。肉質好軟。我用筷子夾斷鰻魚，跟飯一起送進口中。

「真好吃。」

醬汁也很美味。

「當然好吃了，因為是黃金頂級鰻魚飯嘛。」

說著，忍也開始吃起鰻魚飯。

「優奈是哪裡來的千金小姐嗎？不只是住在高級的房間裡，還能理所當然地點這麼貴的東西來吃。」

「我只是普通的冒險者。」

「普通的冒險者才不會一個人住在那種高級旅館，或是點黃金頂級鰻魚飯來吃呢。」

「是嗎？忍不是也在賺錢嗎？錢就是要拿來花才對。」

「我喜歡存錢。」

雖然存錢也很重要，但賺來的錢就應該花。如果所有人都只存不花，就無法活絡經濟了。

算了，比起忍的事，現在鰻魚飯更重要。

話說回來，味道真的很棒。能不能也外帶這種鰻魚飯回去呢？

我想給菲娜吃吃看。拿去請賽雷夫先生吃也不錯。

「妳怎麼了？」

「我在想能不能把這個帶回去當禮物。」

「鰻魚飯嗎？」

「因為很好吃啊。我只是想讓認識的朋友吃吃看。」

即使帶鰻魚回去，我也不會處理，而且沒有醬汁。如果至少有處理好的鰻魚，買一些回去也不錯。

「鰻魚還是剛烤好比較好吃。就算帶回去，味道也會變差的。」

「是啊。」

裝在熊熊箱裡就不用擔心這個問題了。

等到事情都告一段落，來問問看能不能外帶吧。

我們吃完了鰻魚飯。

嗯，真好吃。好滿足，好滿足。

然後，我支付餐費。

我用的當然不是忍的錢，而是我自己的錢。

「妳不用我交給妳的錢嗎？」

「如果妳死了，我才會拿來用。」

「優奈……」

「啊，不過，妳吃的鰻魚飯要從妳的錢裡面扣喔。」

「……了解。」

忍露出五味雜陳的表情。但如果是菲娜或諾雅等人就算了，我可沒有義務幫忍付鰻魚飯的錢。

填飽肚子的我們為了搜索那個男人，巡視了他可能會去的地方。

我們從早上就走到現在，仍然沒有找到類似的男人。

「他真的在這附近嗎？」

「我有聽說關於他的目擊情報。」

「那些情報可信嗎？」

「我也沒有其他情報了。」

既然如此，那也沒辦法。如果有很多目擊情報，反而令人困擾。我們終究只能靠著有限的情報，腳踏實地地搜索那個男人。

我巡視著周圍。可是，周圍只有不斷朝我投射的好奇目光。

我忽視這些目光，繼續巡視周圍。這個時候，我的視線停留在路邊的一個攤販上。

「那、那是什麼？」

我跑了過去。

「優奈！妳要去哪裡？該不會是找到人了吧？」

忍從後面喊道，但我筆直奔向攤販。

「什、什麼？熊？」

經營攤販的大叔看到我突然出現，嚇了一跳。

我不理會大叔，看著排列在攤位上的商品。

攤位上有很多糖藝品。

「什麼嘛，是糖果喔?優奈真像小孩子。」

忍一臉無趣地走過來。

不過，雖然我有在電視上看過，但還是第一次親眼見到，所以很有興趣。

從兔子、鳥、馬、狗、貓、牛、豬、狐狸、狸貓等動物，到蘋果、歐蓮果、草莓等水果都有。還有金魚等魚類，以及魷魚、章魚等。另外也有各種五顏六色的花朵、漂亮的蝴蝶、從小雞到大型鳥類等造型的糖藝品。每個糖藝品都像藝術品一樣。

只不過，雖然動物有很多，卻獨缺了熊。熊不受歡迎嗎?也好，被我吃掉就等於是同類相殘了。可是，我個人對缺少熊的事感到有點寂寞。

「怎麼，這位熊姑娘，妳要買嗎?」

我的出現讓經營攤販的大叔很驚訝，但他對看著糖藝品的我這麼說道。

「請把這些全部賣給我。」

孤兒院的孩子們收到這些禮物，一定會很高興。儘管我個人覺得沒有熊是有點可惜，但要是真的有，孩子們或許會搶著要。

可能是受到我的影響，最近喜歡熊的孩子愈來愈多了。

「……小姑娘，雖然這些東西並不貴，但妳有帶錢嗎?如果要開玩笑，請妳去別的地方吧。」

大叔稍微挑起眉毛說道。我說要買下全部，似乎讓他以為自己被開了玩笑。

「我會乖乖付錢的。我沒看過這麼漂亮的糖藝品，所以覺得很適合當作送人的禮物。」

「這樣啊，真抱歉。謝謝妳的誇獎。可是，妳真的有錢買嗎？」

大叔露出有點不放心的表情。

「有喔。」

「該不會是要花我的錢吧？」

「不是啦。」

忍很擔心。但我剛才不是自掏腰包付了鰻魚飯的錢嗎？

她到底是不是真心想把錢交給我？

只要稍微動用到忍的錢，她搞不好真的會死。因為很不吉利，我不打算拿來用。

所以，我會用自己的錢來買想要的東西。

我計算金額，拿出購買所有糖藝品的錢。

「我想這些應該夠吧。」

「啊，確實夠了。抱歉懷疑妳。」

大叔坦白道歉。

「可是，妳要怎麼帶回去？」

「我有盒子，所以要先放在裡面，再收進道具袋。」

我拿出在當地買的日式便當盒，把糖藝品放到裡面。

「這下我得再做新的了。」

「大叔，你沒有在做熊嗎？明明有很多動物，裡面卻沒有熊。」

「怎麼，妳也想要熊嗎？也對，從妳的打扮就看得出來，妳很喜歡熊。」

「我『也想要熊』是什麼意思？」

「這個嘛，今天不知道為什麼，熊特別受歡迎，所以一做好就賣出去了。剛才也有人買走了熊。」

該不會是因為……？

「到目前為止，熊從來沒有賣得這麼好過。」

大叔露出感到不可思議的表情。

「而且，還有小孩子說不是這種熊。就算跟我說不是這種熊，我也不知道究竟是哪種熊啊。」

「那該不會是指優奈吧？」

我也一瞬間這麼想。

聽到忍這麼說，大叔定睛看著我。

我今天在街上到處走動，受到許多人的注目。

遇到忍之前，我也曾經在街上亂逛。

小孩子說的「不是這種熊」，或許是跟我的熊打扮相較之下的意思。

「原來如此，他們的確有說是可愛的熊。」

請不要看著我說可愛。

不過，我當然知道他們單純是指熊熊布偶裝很可愛，不是說我很可愛。

我並沒有那麼自戀。

大叔開始加熱糖，用類似剪刀的工具將不規則的糖塊剪開或拉長，雕塑出形狀。彷彿藝術或魔法，糖漸漸開始成形。

最後完成的是穿著熊熊布偶裝的女孩造型糖藝品。

「大叔，你好厲害喔。」

的確很厲害，但這是以我為模特兒嗎？

「給妳，小姑娘。」

不知為何，大叔對我遞出糖藝品。

「這是給妳的謝禮。新商品完成了。」

這個該不會要拿來賣吧？

我只有不好的預感。

後來，大叔願意接受訂製，所以我請他做了幾個普通的熊造型糖藝品。

475 熊熊找到戴眼罩的男人

我們在街上走了一整天，卻沒有找到臉頰上有十字傷疤且戴著眼罩的男人。結果只是我被路上行人圍觀而已。

「優奈只會逛街，都沒有在找人。」

我找到一半就進入了逛街模式。

因為比起找人，欣賞街景比較好玩嘛。

「我一直在想，有我在就會引人注目，反而更容易被對方察覺吧？」

「沒有人會覺得一個打扮成熊的女孩子正在找自己，所以沒關係啦。」

也對，我雖然很引人注目，但一般人確實不會想到有個打扮成熊的陌生女孩正在尋找自己。

「可是，我引人注目，就表示跟我在一起的忍也會引人注目吧。」

「這點另當別論。」

「而且，要在這麼大的城市裡找一個人，有點太勉強了吧？不能找別人幫忙嗎？」

一個人不如兩個人，兩個人不如三個人。協助搜索的人數愈多，找到人的可能性就愈高。

「不知道情報會從哪裡洩漏，所以我不想動用太多人去找。如果對方發現我正在找他而躲起來，或是逃出城市，我就得再從零開始蒐集情報了。」

這麼說確實沒錯，不過很難取捨。協助搜索的人愈多，找到人的機率就愈高，但洩漏情報的可能性也會變高。究竟何者比較好，我無法判斷。

要是真的能在三天內找到對方就好了。我只能這麼祈求。

太陽下山後，我回到旅館享用美味的料理，然後泡溫泉，抱著熊緩與熊急進入夢鄉，消除一天的疲勞。

然後，第二天的搜索開始了。

我們跟昨天一樣，在街上走動。

「忍不會想要殺了那個男人嗎？」

因為我的父母不是什麼好東西，就算他們遇害，我也不會想要殺死或是逮到凶手。如果他們真的被殺，很有可能是我的父母做了壞事。

「這個嘛，殺死對方就結束了，所以我想逮到他，讓他坦白自己的各種罪行。」

「我想確認一下，留他半條命應該可以吧？」

「什麼留他半條命，妳到底想做什麼殘酷的事？」

我試著思考。

「像是讓他打從心底感到恐懼？」

只要在他的內心深處植入恐懼，使他再也不敢做壞事，他應該就會學乖了。再說，既然他有做壞事的話，或許會被判死刑吧？

追根究柢，忍的父親為什麼會被殺呢？

如果是無差別殺人魔，事情應該會鬧大。

也有可能是忍的父親做了壞事，所以才會遇害。殺人當然也是壞事，但如果忍的父親是壞人，那就是自作自受。

「忍的爸爸為什麼會被那個男人殺掉呢？」

「……我不知道。所以，我想逮到他也是為了問出這件事。」

這麼說來，忍的父親是壞人的可能性確實存在？

可是，聽說他也殺過其他人。那些人也有可能是壞人嗎？

他的肖像畫看起來就像一個壞人。畫中可能融入了畫家的情緒，而且用外表評斷一個人並不好。我也曾多次因為別人以貌取人而感到困擾。

我愈是思考，就愈是疑惑。找到男人之後，我得冷靜地觀察情況。

我不能將忍說的話照單全收。

然後，我們今天也還沒找到那個男人，太陽就開始下山了。

「是不是差不多該回旅館了？」

我對身旁的忍說道，可是她沒有回應。我轉頭看著忍，發現她停下了腳步。

「忍？」

「找到了。」

忍的視線專注在一個點。我沿著她的視線望去，發現那裡有個身材高挑、打扮得類似武士的男人。

是那個男人嗎？

男人正好走出糰子店。

一走到店外，男人便邁出步伐。因為他馬上轉換方向，我沒看到臉頰上是否有十字傷疤。不過，我有看到他的左眼戴著眼罩。

「我要跟蹤他。」

「不直接抓住他嗎？」

「這裡有很多人。如果引發騷動而造成傷害就糟糕了，可以的話，我想移動到沒有人的地方，或是查出他住宿的旅館。」

忍這麼表示，於是我們開始跟蹤那個男人。

我個人很想從後方施放魔法就了事，但如果男人無罪，只是忍對他懷恨在心，我就會變成罪犯。

嗚嗚，好麻煩，麻煩死了。

「優奈，我們走。」

我們保持距離跟蹤男人，以免被察覺。

「妳真的沒認錯嗎？」

「不會錯的。那張臉，我絕對不會認錯。」

忍用堅定的語氣答道。

男人不知道自己被跟蹤了，一個人走在路上。

他要去哪裡呢？可以的話，希望他走去人煙稀少的地方。

雖然走在前方的男人沒有察覺，但迎面走來的路人仍然盯著我看。

我的這身打扮果然不適合跟蹤吧？

如果只是找人就算了，但穿著熊熊布偶裝跟蹤實在很勉強。

「忍，我是不是離遠一點比較好？」

「我會保持距離，沒關係。」

我和忍拉開與男人之間的距離，繼續跟蹤。

男人從大街轉進小巷內。路上行人漸漸變少。

「真的不需要我幫妳嗎？」

「我要親自動手，所以不用了。」

既然如此，我得緊盯那個男人並跟著他，以免他逃跑。男人沒有回頭，往郊外前進。周圍有許多被木造圍牆包圍的房屋，看起來很老舊。人潮已經完全消失了。

不管要攻擊還是談判，現在都是好時機。

「忍……」

我正要向忍搭話的時候，男人停下了腳步。

「到這附近就可以了吧。」

男人這麼說著轉過身。

在即將西沉的夕陽下，男人的臉出現在我的眼前。

他的左眼戴著眼罩，臉頰上有傷疤，毫無疑問就是忍持有的那張肖像畫中的男人。

「你早就發現了嗎？」

忍放棄躲藏，走了出去，所以我也跟上她。

「聽到後面有人頻頻說著熊、熊、熊，任誰都會發現。」

好像是我的錯。所以就說了，我根本不適合跟蹤嘛。

話雖如此，男人應該沒有親眼見過我的打扮才對。他一次也不曾回頭。明明沒看到，為什麼他會發現自己被熊跟蹤了呢？

男人看著我，臉上浮現笑容。

「這麼說來，你是知道自己被跟蹤，所以才跑來這種人煙稀少的地方嗎？」

「我們彼此應該都不想把事情鬧大吧。」

男人似乎也有不想引人注目的理由。

「所以，妳們為什麼要跟蹤我呢？」

「你忘了我是誰嗎？」

忍說出這句話，瞬間揮舞手臂。男人同時拔出腰上的刀。一個金屬互相碰撞的高亢聲音響起，某種東西掉落到地面上。

是苦無。

似乎是忍擲出苦無，男人用刀擋了下來。

忍沒有多餘的動作，速度也很快。然而，男人卻擋住了攻擊。

雖然只是一瞬間的攻防，卻能看出水準有多高。

「啊，妳是當時被我殺死的男人的女兒吧。這麼說來，妳想幫父親報仇嗎？」

「很高興你這麼快就進入狀況了。」

忍從懷中拔出小刀。

「我不會殺了你。不過，如果我贏了，你就要把事情全盤托出。」

「既然如此，妳應該在找到我的時候就從後方偷襲的。」

男人舉起手中的刀。

「我才不做那種卑鄙的事。我會用實力打倒你。」

「呵呵，有意思。我就陪妳過幾招吧。那麼，另外那位打扮成可愛熊模樣的小姑娘想旁觀嗎？還是要去討救兵呢？」

男人用刀尖對準我。

我總覺得他的意思是，如果我去求救，他就會發動攻擊。

「優奈請按照約定，不要出手，看著就好。可是，如果我有什麼萬一，剩下的就拜託妳了。」

總而言之就是要我別去求救，在一旁看著吧。

「妳也要遵守約定。妳快要被幹掉的時候，我會出手的。」

「我就說了，只是以防萬一。」

在我出手之前，忍有可能會被幹掉。

如果他們的實力差距太大，我打算提早出手。

而且，我要觀察男人與忍的行為，判斷他究竟是好人還是壞人。

忍開始奔跑，男人準備迎戰。

476 熊熊旁觀忍的戰鬥

忍與眼罩男在人煙稀少的小巷裡開戰。

忍在起跑的同時擲出苦無。男人往旁稍微挪動身體，躲開苦無。忍趁著這個短暫動作的期間逼近男人，朝他揮舞左手握著的小刀。男人輕巧地閃過攻擊，對忍揮刀。忍把重心移向左側以閃避刀刃，接著往右移動，朝男人的左側發動攻擊。

看來她打算從男人戴著眼罩的左側進攻。忍一邊移動到男人的左側，一邊發動攻擊。

「妳該不會是想從死角攻擊我吧？」

「當然要瞄準對手的弱點了。」

「妳不是說自己不做卑鄙的事嗎？」

「這叫做戰術。」

他們一邊對話，一邊對彼此揮刀。兩人的刀劃開空氣。

攻擊距離較短的忍相對不利，但她利用對手的死角，以快速的動作跟男人打得不相上下。男人明明有死角，卻仍能躲開忍的小刀。忍也同樣躲開了男人的攻擊。

彼此持續進攻與防守。

好厲害。

雙方就好像能預知接下來的攻擊似的，以毫釐之差躲開。

男人躲開忍的小刀，朝橫向使勁一砍。忍往後方跳躍，躲開攻擊。

「呼。」

男人吐出一口氣，露出樂在其中的笑容。

「不愧是那個男人的女兒，很強呢。」

雖然他嘴巴上這麼說，看起來卻游刃有餘。忍並不像他這麼輕鬆。

雖說有死角，肉搏戰似乎依舊是男人占了上風。

「你不用魔法是因為瞧不起我嗎？」

「在這種地方用魔法，會給附近的住戶添麻煩的。而且妳不也沒有用嗎？」

左右兩邊都是木造住宅。聽說對手會用風魔法，不過忍似乎也會用魔法？這並不是武士之間的戰鬥。這個世界存在著足以凌駕在武器技術之上的魔法。單憑魔法，就有可能超越劍術。

只不過，使用魔法需要想像，所以一瞬間的思考也會造成破綻。深植在體內的技術比魔法的發動更快。

在肉搏戰之中使用魔法是很困難的。所以，魔法師才會在遠處使用魔法。

而且如果對方不顧周遭而開始使用魔法，對忍很不利；如果忍不會使用魔法，一樣很不利。

就算她能使用魔法，也正如男人所說，恐怕會因為顧忌周遭而無法隨心所欲地使用。

「沒有那回事。」

忍握著小刀的右手開始捲起旋風。

「只要使用的時候小心別給附近的人添麻煩就好了。」

忍用很快的動作逼近男人，再次從男人的左側死角發動攻擊。她舉起小刀橫向一揮。這個距離的小刀是砍不到對手的。不過，風刃從小刀上射出。然而，就連這招風魔法都被男人用刀化解了。忍進一步縮短距離，抽回伸出的手臂，順勢朝男人揮砍。男人用刀彈開了她的攻擊。忍因為被彈開的力道，失去了平衡。男人藉機朝忍一踢。

忍被踢飛，因此大幅後退。

「忍！」

「我沒事。」

看來她好像是為了逃過踢擊，自己往後跳了。

竟然在那個時機出腳，可見男人比忍更能看清大局。這就表示他是多麼游刃有餘。

雖然我還不知道男人究竟為何要殺死忍的父親，但再這樣下去，忍很有可能會輸。

我該出手了嗎？

「好強啊。」

忍微微吐氣，調整呼吸。

「要不要換我上場？」

看忍現在的樣子，我就知道她還不打算放棄。可是，我依然試著問道。

「不用了。我希望優奈專心看我們戰鬥，記住他的動作。」

她的意思是要我看著他們戰鬥，記住男人的戰鬥方式，好迎接接下來的戰鬥嗎？

換句話說，忍並不覺得自己能贏。為了接下來要上場的我，她想讓我看清男人的戰鬥方式嗎？

可是，為什麼？

「但如果真的有危險，我可不會聽妳的喔。」

忍對我的發言露出不置可否的笑容。然後，她握緊手中的小刀，朝男人奔去。

忍使用混合魔法的攻擊，可是男人都輕易躲開了。忍增加攻擊的變化。我很希望這樣可以讓戰況有所進展，但男人到現在都沒有使用魔法。而且，他偶爾甚至會揚起嘴角，看似在笑。

忍的動作變得更快了，漸漸將男人逼上絕境。忍的速度慢慢超越男人。她的風刃與小刀襲向男人。

逮到他了。

我這麼想的瞬間，男人的刀開始加速，彈開忍的攻擊。忍的攻擊停了下來，男人則往後大幅拉開距離。

「妳比想像中還要強呢。這麼看來，我得稍微拿出真本事了。」

「你要用魔法了嗎？」

「不，我只是要這麼做。」

男人說完，便伸手取下左眼的眼罩。閉著的眼睛從眼罩下出現。我還以為他的眼睛受傷了，卻毫髮無傷。然後，閉著的左眼睜開了。

「那隻眼睛該不會看得見吧？」

「是啊，我能清楚看見妳。」

「你這是瞧不起我嗎？」

「不，我只是想給自己一點考驗罷了。可是，我想對妳的實力表達敬意，所以才會取下眼罩。」

也就是說，他對自己施加了不用魔法與其中一隻眼睛的限制。

男人睜開雙眼，舉起手中的刀。忍一邊放出小型風刃，一邊朝男人奔跑。男人的動作變得更快，輕易閃掉了忍的攻擊。忍擲出更多苦無。男人用刀彈開苦無，並迅速揮砍。

睜開雙眼的男人沒有死角，讓忍失去了優勢。

忍無法躲開攻擊，用小刀抵擋的次數增加了。無論是攻擊的重量、力道還是速度，全都是男人更勝一籌。

忍仍然保持距離，用風魔法應戰，但或許是顧慮周遭而降低了威力，魔法沒能觸及男人。

而且她的腳步似乎變慢了。忍會不斷移動，但男人只是在原地招架忍的攻擊，因此消耗的體力比較少。

「唔！」

忍的腳步變得遲鈍，無力進攻而往後退。

「妳的極限好像到了。我來結束這一切吧。」

男人放低重心，擺出刀尖往前的架式。

那是！

「忍！快逃！」

我大叫的瞬間，男人開始踏步。他一口氣縮短與忍的距離。

好快。

忍一邊投擲苦無，一邊往後退避。男人用突刺彈開苦無。我原以為攻擊會在這個時候停止，卻沒有停止。男人抽回手臂，再度使出突刺。

忍用手上的苦無抵擋攻擊。即使如此，男人的力道仍然沒有減弱。他再次抽回手臂，並往前刺。

三段突刺？

男人的刀刺中了忍，使她翻滾到地面上。

「忍！」

我正要奔上前的時候，忍的身體動了。然後，她用顫抖的手臂撐住地面，試圖爬起來。

「我、我沒事。」

忍按著腹部，搖搖晃晃地站起來。

「妳真的沒事嗎？」

忍翻開腹部的衣服。

鎖子甲？

「這是祕銀製的。而且，我也往後跳，勉強躲開了直接的衝擊。」

我鬆了一口氣。

太好了，我還以為刀刺傷了她的身體。

「竟然能躲開剛才的突刺啊。妳這個樣子，還能繼續戰鬥嗎？」

「當然可以。」

「那麼，下次我會刺穿妳的身體。」

男人就像是要乘勝追擊般，擺出突刺的架式。忍用使不上力的手舉起小刀。我同時採取行動。

男人從突刺的架式開始踏步。他與忍之間的距離瞬間縮短。我介入兩者之間，用祕銀小刀使勁彈開男人的刀。

因為我突然介入，男人停止了三段突刺。

我站在忍面前護著她，男人便拉開了距離。

「優奈？」

「該換手了。」

我不知道這個男人為何要殺死忍的父親，也不知道他的為人。

或許他只是個戰鬥狂。

或許忍的父親也一樣。

或許他們只是想跟彼此較量才會戰鬥，或許忍的父親就是因此而死。不管有什麼樣的理由，我只知道一件事。

「我不想看到忍被殺死的樣子，所以該換手了。接下來由我來對付他。」

我對一臉痛苦的忍這麼說。

打倒這個男人就能讓一切水落石出，應該也能揮別這種不明不白的感受。

「……優奈，他很強喔。」

「我都看到了，我知道。」

他的劍術了得，而且還有魔法這張王牌。

雖然忍只能使用有限的魔法，卻依舊無法打倒他。

對手連魔法都還沒用上。

「忍，妳就好好休息吧。」

我請忍退下，開始與男人對峙。我跟忍對話的期間，男人沒有發動攻擊，只是等待。

「很抱歉，接下來由我來當你的對手。你可不要因為我的外表就大意了，免得後悔。」

「我不會大意的。妳的速度快得足以介入我們之間，技術好得足以精準彈開我的突刺。最重要的是，妳有勇氣面對我的刀法，不可能只是個普通的女孩。」

看來他並不會被熊熊服裝欺騙，因此手下留情。

我覺得有點可惜，又有點高興。

「既然如此，我建議你不要隱藏自己的實力。」

我用熊緩小刀指向男人。

「那麼我就恭敬不如從命，認真應戰吧。所以，死了可別怪我。」

男人舉起手中的刀。

「我不會死的。如果我贏了，你就要把一切都說出來。」

「好吧。如果妳能勝過我，我願意回答任何問題。」

「一言為定。」

我也舉起手中的熊緩小刀。

477 熊熊與十字傷疤的男人戰鬥

我與男人對峙。

我們戰鬥的地點只有可供兩輛馬車通過的寬度，沒辦法做出太大的動作。

而且，我跟忍一樣都不能使用大規模的魔法。使用風魔法會損壞建築物，使用火焰還會燒掉房子。就算是水魔法或土魔法，也會傷害到住宅。熊熊魔法就更不用說了，根本是天災等級。

既然如此，攻擊必須以較弱的魔法與武器為主。

可以的話，我很想前往更寬敞的地點，自由地戰鬥。

男人開始行動，逼近我並揮刀。我用小刀彈開攻擊。

我看得見。

我能看清男人的動作。右砍、左砍、反擊、將刀高高舉起。接著抽回刀刃，朝我刺來。

多虧有熊熊裝備，我的身體跟得上。

就算能看清對手的攻擊，如果身體跟不上，也會被輕易幹掉。

我抵擋所有的攻擊，以迴轉的動作躲開最後的突刺，順勢使出迴旋踢。

擊中的話，對手就會飛出去。

可是，男人稍微往後退，躲開我的迴旋踢，讓我踢了個空。

這可是女孩子的迴旋踢，他明明可以接下來的。那樣一來，我就能連同他的防禦動作一起踢飛了。

「妳的打扮看起來明明很難活動，速度卻很快呢。」

「把自己動作慢的事實怪到對手頭上可不好喔。」

「真敢說呢。既然如此，妳能躲過這一招嗎？」

男人放低重心，擺出突刺的架式。

是三段突刺。

我準備接招。

男人踏出步伐。他行動的瞬間，我在男人與我面前做出一道土牆。

可是，男人的刀刺穿了牆壁，朝我逼近。

雖然我已經預料到了，但臨時做出的牆壁果然不行啊。我跟剛才一樣，用熊緩小刀使勁彈開男人的刀。我用很大的力道彈開，讓他失去平衡，沒辦法再使出第二次攻擊。

可是，男人硬是收回刀刃，踏出強而有力的步伐，再次使出突刺。

我用左手的白熊玩偶手套，朝刀身的側面揍了一拳。

我的這個舉動好像出乎男人的意料，於是刀從他的手中彈飛。機會來了。我對男人使出黑熊鐵拳，攻擊他那毫無防備的身體。

很好，打中了。

當我這麼想的時候，他擋住了拳頭。

男人把雙臂舉到前方，擋住我的熊熊鐵拳。

男人雖然被打飛到後方，卻還站在地上。

竟然能在那個時機防禦，他的反應速度真快。

「沒想到我會被一個打扮成熊的女孩子放水呢。」

「放水？」

我可沒有放水。

「妳明明拿著小刀，剛才卻用黑色的手套毆打了我。這樣就叫做放水吧。」

我的黑熊玩偶手套確實握著熊緩小刀。不過，我是用熊熊玩偶手套的部分毆打他的。我想用小刀攻擊也行，但那樣會對他造成致命傷。

「因為我已經答應忍，要活捉你。」

我的目的是打倒他，不是殺死他。

「所以，這樣不算放水。」

「呵呵。」

男人笑了。

「那就叫做放水。只不過，即使妳用小刀攻擊我，我也能跟另一位小姑娘一樣，用祕銀護腕擋住。」

祕銀護腕？

不管是忍還是他都有祕銀防具，真是有錢。好想把這件事說給托亞聽。

「所以，妳沒有必要放水。」

不過，祕銀小刀對上祕銀護腕。

這讓我想起矛盾的典故，究竟何者比較強呢？

由於並非同一名工匠打造的，無法相比，但這或許可以說是替男人打造祕銀護腕的工匠與替我打造祕銀小刀的加札爾先生之間的勝負。

除此之外，最後要考驗的是使用者的技術。

「因此，我要讓妳無法再放水。」

男人撿起掉在稍遠處的刀，然後把手放在另一把短刀上。

二刀流？

會用三段突刺也就算了，他到底是哪裡來的武士啊？

「放水會要了妳的命。」

「這種話請先砍到我再說。」

我取出熊急小刀，手持兩把小刀。既然對手是二刀流，我也要用二刀流來應戰。

為了讓他輸得心服口服，我要用對手擅長的武器擊潰他。

我舉起雙手的小刀，男人的臉上便浮現笑容。

「妳要用二刀流對付我啊。好吧，我接受挑戰。」

男人與我開始奔跑。

四把武器交錯。

男人揮刀的速度加快，用兩把刀對我發動攻擊。

比起一把刀，兩把刀的攻擊次數更多。

而且速度很快。右砍、左砍、右砍、左砍與突刺，接著是右砍、右砍、左砍的不規則攻擊。

我用熊緩小刀與熊急小刀防禦。

男人持續攻擊。

攻擊長度有差距，所以我無法擊中他。

可是，我消耗的體力比較少。

多虧熊熊玩偶手套，我的手不會因為對打而麻痺，力量也是我比較強。移動的雙腳不會感到疲勞。相較之下，男人先前已經跟忍戰鬥過，所以應該累了。如果進入持久戰，對我比較有利。

男人進一步加快速度，但我擋住了所有的攻擊。

男人用難以置信的表情看著我。

「你就這點程度嗎？使用魔法也沒關係喔。不然要不要移動到容易使用魔法的地方？」

只不過，如果移動到容易使用魔法的地方，對我來說更有利。

希望他能上我的當。

「也好，我們換個地方吧。」

真的嗎？

男人說完便往下揮舞手臂，地面同時冒出煙霧。

煙霧彈？

他是哪裡來的忍者啊！

我還以為他要發動攻擊，煙霧另一頭的男人卻往反方向跑去。

他該不會想逃跑吧？

「優奈！」

忍的聲音從後面傳來。

我原本想追上去，但總不能單獨丟下受傷的忍。

我召喚出熊緩。

「熊緩，忍就拜託你了。」

我把忍交給熊緩，在開啟探測技能的同時起跑。我緊盯著眼前的人類反應。

好快。

他用驚人的速度漸漸遠離。

別想逃走。

我跳到屋頂上直線前進，追趕逃跑的男人。

看到他了。

然後，男人停止動作，回過頭來。

「妳追上來了啊。」

「我勸你別以為以這點程度的腳程就能甩掉我。」

「我可是用盡全力奔跑呢。」

「你練跑練得還不夠吧？」

他大概不想被我這個運動不足的人批評，但我試著挑釁。

要是沒有熊熊裝備，我搞不好連一百公尺都沒辦法全力跑完。

我甚至有自信輸給菲娜。

「那麼，我們就在這裡重新開戰吧。」

男人舉起手中的刀。

我們現在的位置在郊外，沒有任何住宅等建築。

在這裡就能盡情使用魔法了，對我比較有利。

我望著男人，看到他的刀上凝聚著風魔法。

「你該不會覺得來到開闊的地方，會用魔法的自己就會比較有利吧？」

「這個嘛，妳說呢？」

男人從遠處橫向揮刀，風刃便朝我飛來。

我同樣使用風魔法抵銷他的攻擊。

男人繼續揮刀，朝我放出風刃。我抵銷了所有的風刃。我們之間捲起一陣強風，沙塵與葉子在空中飛舞。這時候，男人率先展開行動，於是我與男人的魔法攻防戰開始了。

我們重複幾次混合魔法與武器的攻防以後，彼此拉開距離。

「呼。」

男人緩緩吸氣，再吐氣，然後舉刀往下一揮。風刃同時朝我飛來。速度比剛才更快。

男人也同時開始移動。

我躲開風刃，迎戰男人。

他的刀與我的小刀互相撞擊。這個瞬間，風刃從刀上射出。是超近距離的魔法攻擊。

我扭轉身體，躲開風刃。不過，男人的刀立刻朝我砍來。我做出空氣彈，朝男人施放。空氣彈擊中男人的腹部，將他打飛到後方。

可是，並沒有造成致命傷。

為了逼男人投降，我發動追擊。

就像抓住銀色鐮鼬時一樣，我用土魔法做出數十隻小熊，朝男人放出。

小熊們奔向男人。可是，小熊在抱住男人之前就被他一一砍壞了。

雖說是用土做成的，看到熊被砍壞依舊讓我感到不太舒服。

我把小熊變回去，從男人腳下放出漩渦狀的風魔法。

我要把他吹向空中，結束這一切。

風在男人腳下集結，吹動他的衣服。我正要將男人吹到天上時，男人將刀身朝下，以畫圓的方式揮刀。

然後，男人的腳下起了風，我的風魔法消失了。

抵銷了嗎？

看來他不會讓我輕易打倒他。

「妳的招式該不會到此為止了吧？」

「你會後悔沒有被剛才那招幹掉的。」

「這麼說來，妳還能讓我玩得更盡興嗎？」

「會覺得好玩的人不一定是你喔。」

小熊被砍壞，為了嚇唬他而使出的風魔法也被化解，我覺得有點火大。

「妳不抱著殺死我的心態進攻，是無法打倒我的。」

「這句話至少也等你打中我一次再說吧。」

「優奈！」

我正在跟男人對話的時候，忍騎著熊緩趕來了。

「那好吧。如果我這麼做，妳會怎麼應對？」

男人瞄了一眼熊緩與忍。這個瞬間，他對熊緩放出風刃。

「熊緩！」

我的視線離開男人的瞬間，他對我發動了攻擊。

他是想引誘我大意嗎？

男人一瞬間逼近，朝我揮刀。

我把手中的熊急小刀收進熊熊箱，用白熊玩偶手套的嘴巴接住男人的刀。男人很驚訝，但我順勢踢了他一腳。

男人在被踢中之前放開被我抓住的刀，逃向後方。

我望向熊緩。牠似乎躲開了男人的攻擊，沒有受傷。太好了。

放心之後，我瞪著男人。

「你知道自己剛才做了什麼嗎？」

「……………」

「你剛才做了不該做的事。」

「…………」

「人家對你手下留情，你就囂張起來了。」

「…………」

「忍，我不會再手下留情了。」

「……優奈。」

「你敢攻擊熊緩，應該已經作好心理準備了吧。」

「優奈，不行。」

忍的聲音讓我的怒氣稍微收斂了一點。

「留他半條命就可以了吧。」

一切到此為止。

我不會再讓他攻擊熊緩了。

我丟掉白熊玩偶手套銜著的刀。

事到如今，就算他道歉，我也不會放過他。

為了不讓男人逃走，我做出巨大的熊熊石像。

就像我狩獵克拉肯時做出的熊熊圍牆一樣。雖然不像當時那麼大，但已經足夠束縛男人的行動。

好幾尊熊熊石像化為牆壁，包圍男人。出口只在我的後方。男人朝熊熊石像放出風刃，但砍不壞。

「我說過不會讓你逃走的。」

「優奈，拜託妳等一下！」

忍說了些什麼，但我聽不進去。

我開始奔跑。男人舉起自己僅剩的一把刀。他揮刀，朝我放出風刃。我用白熊玩偶手套粉碎風刃，繼續朝男人直線奔跑。

我來到男人面前。他看準時機，朝我揮刀。我用熊緩小刀彈開男人的刀。男人的手臂朝上，身體破綻百出。

我用左手的白熊玩偶手套毆打那副毫無防備的身體。

478 熊熊聽忍說 之一

我的熊熊鐵拳命中男人的身體，讓他首次痛得扭曲表情。我將拳頭揮到底，男人便飛了出去，撞上後方的石像圍牆後倒地。

男人試圖站起。

他還能動嗎？

我決定讓戰鬥到此為止。

我對動作變得遲緩的男人放出小熊。男人似乎光是要站起來就很勉強，一被小熊抓住便承受不了重量，因此膝蓋一彎，以臉部著地。

我緩緩走向被小熊壓制在地的男人。然後，我粗魯地用手提起男人的頭。

「是我贏了。那麼，能請你把一切都說出來嗎？」

「…………」

男人保持沉默。

「既然你不說，我就問忍。」

我的目光從男人移向後方的忍。

忍的表情看似是在擔心男人，一點也不像是成功抓到凶手的喜悅表情。

我再度望向熊緩的時候，騎在熊緩背上的忍就已經是這種表情了。

「忍，妳跟這個男人是什麼關係？妳認識他吧。」

我瞪著忍，這麼問道。

「對不起，這一切都是為了測試優奈而演的戲。」

忍來到我的面前跪坐，把手放在地面上，對我低下頭。

看來她已經不打算繼續掩飾了。

「測試我是什麼意思？」

忍抬起頭，看著我的眼睛。

「優奈，妳好可怕。」

「當然了，因為我現在很生氣。」

「對不起。」

我瞪著忍，她便縮起身體。

「這個人其實是我的師父。」

「師父？所以，為什麼身為師徒的你們要測試我？」

「為了確認優奈是否有能力拯救這個國家。」

「…………」

忍突如其來的發言讓我說不出話來。她突然說要確認我是否有能力拯救這個國家，讓我的腦袋停止了思考。

「我還沒厲害到能拯救一個國家。」

「沒有那回事。櫻大人說過，妳是拯救這個國家的光。」

「櫻大人？」

新的人名出現了。

「誰啊？該不會就是那個人策劃了這次的事吧？」

我瞪著忍說道。

「這……」

「忍，既然要取信於她，妳就應該把真相全部說出來。」

被小熊束縛的男人對忍這麼說。

「師父……我知道了。優奈，我會從頭開始解釋，希望妳能聽我說。」

事到如今，我也想知道理由，所以決定聽聽她怎麼說。

「好吧，我就聽聽妳怎麼說。」

「謝謝妳。」

忍撿起眼前的小樹枝，開始在地上畫圖。

她在上、下、左、右各畫了圓形與方形的圖案。

「這就是我們居住的和之國。」

原來和之國是由四個很大的島？或是大陸？所構成的。

然後，忍在四座島的中心畫了一個小小的圓。

「和之國的中心有一座島，那座島上封印著魔物。」

「該不會是那裡的封印解除了，所以要我去打倒魔物吧？」

這還真像老套的遊戲劇情。

「封印還沒有解除。」

「所以，封印是快要解除了嗎？」

聽到我的問題，忍點了點頭。

「櫻大人看見了未來，得知封印會在近期內解除，導致魔物復活。」

「看見未來？這種事真的辦得到嗎？」

「這是只有一部分的人知道的事，所以希望妳能保密，其實櫻大人能透過夢境得知未來會發生的事。」

也就是預知夢嗎？

「櫻大人在大約一個月前的夢境中看見，魔物的封印會解除，導致許多人死在魔物的肆虐之下。不過，大家一開始都半信半疑。但櫻大人後來又連續作了同樣的夢，因此，我們調查了那座島，確實發現有一部分的封印減弱了。」

478 熊熊聽忍說 之一

「這麼說來，你們是希望我幫忙打倒那裡的魔物嗎？」

「是的。」

「可是，為什麼要找我？和之國也有很強的人吧。忍的師父就很強啊。」

我看著被小熊壓制住的男人。

「確實有，但行不通。據說魔物會吸收負面情感而成長。為了不讓負面情感進入結界中，一般人禁止出入那裡，只有一部分的人可以進入結界中。」

「一部分的人？」

「只有女性能進入。因為結界的關係，師父或是其他有實力的男性都無法登上那座島。實力足以與魔物戰鬥的女性是很難找到的。」

所以才會找上我啊。

嗯？聽到這裡，我的心裡產生了幾個疑問。

為什麼他們早就知道我這號人物？

為什麼他們早就知道我會來到這裡？

為什麼他們早就知道我的實力？

新的謎團接踵而來。按照忍的說法，她應該一開始就知道我是誰，所以才會接近我。

「為什麼你們早就知道我這號人物了？」

我還以為原因在於克拉肯的事，但忍說出的話出乎我的意料。

「因為櫻大人夢見了妳。她說自己在夢裡遇見了雖然嬌小，卻非常明亮又美麗的溫暖光芒。櫻大人說那是希望之光。」

「這麼說來，那道光就是我嗎？」

單憑這種線索無法斷定是我。

而且一般人應該不會將一個穿著熊熊布偶裝的女孩當作希望之光。

「據說那道光會乘著看似野獸的生物，從東方的海上出現。」

乘著野獸從海上出現。

那是指騎著熊緩與熊急的我嗎？

忍用小樹枝指著她剛才畫在地面上的和之國地圖其中一處。

「聽說這件事的國王決定在港口召集士兵，迎接那道光。」

「士兵……」

「聽說有人會乘著野獸出現，而且能對付被封印的魔物，所以國王才會決定如此應對。畢竟不知道會有多麼恐怖的人出現。」

把我當怪物嗎！

「可是，部署士兵的隔天，那道光就從櫻大人的夢中遠離了。」

如果那道光就是我，或許是因為港口有很多士兵，才感到麻煩而回頭的吧。

「後來，我們也想過各式各樣的方案。像是派其他人去迎接，或是派師父去迎接。可是，那

道光都沒有靠近。」

或許是覺得可疑，所以才沒有靠近吧。

「於是，我就雀屏中選了。結果很神奇地，乘著野獸的光並沒有消失。」

所以忍才會接近我啊。

「然後從幾天前開始，我都在看得見港口的瞭望台觀察大海，結果發現了跑在海上的熊與優奈。因為真的有人乘著野獸從海上出現，當時我嚇了一跳。而且，騎在熊背上的人還是一個打扮成可愛熊模樣的女孩子。我的腦袋真的一片混亂。畢竟我原本想像的是一個看起來非常強的人。」

「我打扮成這個樣子，還真是不好意思喔。」

忍看著我的打扮，臉上稍微浮現笑容。

「所以，我沒辦法判斷櫻大人所說的希望之光究竟是不是指優奈。即使如此，我依舊覺得必須想辦法確認，所以就觀察了妳。結果，妳一下子買東西來吃，一下子大量購買榻榻米，看起來實在不像是能拯救國家的希望之光。」

我完全沒發現。自從我來到和之國，忍就一直在觀察我的行動呢。

「這麼說來，我去冒險者公會的時候也是？」

「沒錯。妳想接下委託，所以我覺得那是了解妳實力的好機會。可是，委託人似乎想拒絕，於是我就決定加入了。我也算是小有名氣的冒險者，我覺得只要有我在，對方就不會拒絕了。」

「就是因為這樣，我打算把委託讓給妳的時候，妳才會說沒有我就沒有意義了吧。」

我想起那個時候的對話。

「沒錯。我想知道妳的實力，要是妳放棄那個委託就沒有意義了，因此我當時也很心急。」

「我大概知道來龍去脈了。可是，為什麼要演這齣戲？直接拜託我不就好了。」

「我們一開始當然也是這麼打算的。可是，有一部分的人反對。他們擔心那個陌生人是不是真的有實力、該不該相信外人、讓對方進入封印魔物的地方究竟好不好，各種意見都有。雖然我們覺得現在的情況顧不了那麼多了，但如果不知道對方是什麼樣的人，事情也不會有進展。所以，為了查明妳的實力，有人提議舉辦比武大賽，光芒卻從櫻大人的夢中消失了。」

啊，如果有人叫我參加那種測試實力的比賽，我確實很有可能拒絕。

「然後，經過各種考量，我們打算由實力在國內數一數二的師父跟妳戰鬥，測試妳的實力。可是，既然要了解妳真正的實力，就必須讓妳認真起來。我們因此開始思考要如何確認，後來決定演一齣戲。」

「這麼說來，忍的父親被殺的事情是……」

「對不起，那是騙人的。可是，我父親以前曾經在戰鬥中輸給師父，這是事實。其他事情就是我編的故事了。」

「可是，既然這樣，妳為什麼不說是為了報仇，而是要把對方抓起來？」

「那是因為提到跟殺人有關的詞彙，光芒就消失了。我才會說要抓住對方。」

我確實不想協助陌生人復仇，更別說是幫忙殺人了。

我很有可能拒絕。不，應該說一定會拒絕。

「可是，妳跟妳師父的戰鬥是認真的吧？」

兩人的戰鬥看起來並不像演戲。

忍真的受傷，也真的差點喪命。

「我是認真的，那確實是賭上性命的戰鬥。這就是不讓光芒消失的方法。經過這場戰鬥，我或師父也許會死。可是，我們已經沒有時間摸索其他的方法了。」

預知夢必須睡著才能發動，沒辦法立刻使用好幾次。

「就算如此，師父竟然想殺死自己的徒弟。」

我轉頭望向男人。

「請不要責怪師父。我也是抱著殺死師父的心態去戰鬥的。而且師父為了引出妳的實力，也是抱著被妳殺死的覺悟戰鬥。我和師父都已經有了必死的決心。如果這樣就能拯救國家，這點犧牲根本沒什麼。」

「唉。」

我只能嘆氣。

「如果我是在妳死掉之後得知這件事，妳覺得我會幫忙嗎？」

我一定會覺得心情很差，然後返回克里莫尼亞。

「我不知道。可是，我和師父都還活著，而且妳也願意聽我說。我希望妳能跟櫻大人與國王陛下見面，了解詳情。」

忍用手撐著地面，對我低下頭。

被小熊壓制而動不了的男人也一起低頭。

「可是，為了讓我認真起來而攻擊熊緩的事情依舊不可原諒。」

「我原本是打算擋住那一招的。然而熊緩卻輕易躲開了。」

「咿～」

站在我旁邊的熊緩得意地擺出「小事一樁啦」的表情。

我是因為擔心你才會生氣的耶，你那是什麼悠閒的表情？

479 熊熊聽忍說 之二

我大概了解來龍去脈了。

名叫櫻大人的人在預知夢中看見身為希望之光的人物乘著野獸前來。那個人就是我。於是，人們開始想辦法接觸我這個可能打倒魔物的希望之光。不過，根據接觸方法的不同，身為希望之光的我有可能消失。而且沒有時間思考其他接觸方法，事情才會演變成這個樣子。

「我知道你們是在演戲了，可是該不會從見面開始就全部都是……」

「事情從遇見妳之前就已經決定好了。所以，看到優奈是這麼可愛的女孩子，我一開始還很疑惑呢。」

這個嘛，姑且無論可愛不可愛，看到熊熊布偶裝確實會讓人很疑惑。

「我真的覺得很對不起妳。」

忍低頭道歉。

雖然我覺得他們可以不必做出這麼大費周章的事，直接跟我說就好了，但也不確定自己聽說這番話後還會乖乖幫忙。

如果第一次見面的人突然說我是拯救國家的希望之光，還要我去見國王與櫻大人，我應該會拒絕。

又或者是不想扯上可疑的人事物，所以很有可能逃走。

我試著思考攻略自己的方式。但因為我的性格很難搞，我一時也想不出其他的方法。

感覺就像是難以攻陷的女主角呢。

這次的事情因為有許多人的想法和意見，搞得錯綜複雜，才會演變成這麼大費周章的狀況。

儘管我能理解他們的苦衷，但身為被測試的本人，感覺實在不太好。

不過，看到眼前的忍這副遍體鱗傷的樣子，我也只好聽聽詳情了。

這麼思考的話，現在的狀況或許就是攻略我的最佳方法吧。

「所以，妳說的櫻大人到底是誰？」

「她是這個國家的巫女大人。」

「巫女全都具有特殊的力量嗎？」

出現在漫畫或小說裡的巫女，大多都有某種不可思議的力量。

「只有櫻大人具有特殊的力量。」

預知夢啊，原來這個世界也有人具有那種能力。

不過，我覺得那位櫻大人有點可憐。

雖說是夢，不斷看見他人死去也是很難受的事。她或許也曾多次見到熟人或重要的人死去的模樣。如果那是真的會發生的未來景象，肯定是惡夢一場。就算精神崩潰也不奇怪。

如果我多次見到熊緩、熊急或菲娜死去的景象，或許會發瘋。那位櫻大人已經看了將近一個月。這讓我有點同情。

如果其中真有希望之光，也難怪她會想要依靠。

可是，真的沒有更好的方法了嗎？

「所以，妳願意去見櫻大人與國王陛下嗎？」

「忍，妳真的覺得我能打贏那種被封印的魔物嗎？」

「櫻大人說妳是希望之光，我相信她所說的話。」

「可是，也有些人沒辦法相信我吧？」

「妳贏過了師父，沒有人會反對的。我會說服他們！」

忍用認真的眼神看著我。

「不管你們怎麼說，也沒有人會相信我這種打扮成熊的女孩子很強的。」

「這一點不用擔心。有人從旁看過我們的戰鬥。只要那些人報告上去，就不會有任何人反對了。這就是這次的約定。」

「有人看到我們戰鬥嗎？」

「至少有三個人。」

原來有人看到啊。

其實我很想拒絕。

可是，一聽說事關國家的命運，我就很難拒絕了。

而且我重新觀察忍，發現她全身都傷痕累累。她的臉沾染塵土，衣服被割破，身上也有擦傷。看不見的地方應該也受傷了。一想到她賭命演戲，我就不忍心拒絕她了。

「唉。」

我只能嘆氣。

「我知道了。我會去見那位櫻大人，但我不保證會接下任務喔。」

一切就等聽完詳情再說。

不知道詳情就不會有進展，也無法紓解這種不明不白的心情。

一切都要等我見到名叫櫻大人的人再決定。

「謝謝妳！」

忍站起來抱住我。

「好了啦，放開我。而且妳的傷也要處理一下才行。」

「抱歉。」

忍乖乖放開了我。

我準備了濕毛巾，替忍擦臉。

「妳的傷還好嗎？」

「我沒事。我剛才也說過了，因為身上穿著祕銀鎖子甲，沒有造成致命傷。」

即使如此，沒有穿戴防具的地方還是受傷了。

「妳狩獵鐮鼬的時候沒有穿吧。」

「那個時候，我還沒有準備。既然要賭上性命跟師父戰鬥，那就有必要了。」

忍轉頭看著男人，他便用一臉尷尬的表情開口說道：

「很抱歉，妳能不能讓這些熊放開我？」

啊，我完全忘了他的存在。

我讓小熊放開忍的師父——十兵衛先生。

重獲自由的男人站了起來。

「我要重新向妳道謝，謝謝妳救了忍。這樣忍就不必死在我的手中了。」

「就算是演戲，你們應該也有更好的方法吧。」

「抱歉。就像剛才忍所說的，我們不能走錯路。或許確實有其他選擇，但我們沒能找到。讓妳留下如此不愉快的回憶，我深感抱歉。」

男人這麼說，然後深深低下頭。

他大概是把國家的未來和自己與忍的性命放在天秤上衡量了吧。正常來說，應該沒有人會想要殺死身為自己徒弟的女孩子。

「另外，我也要為攻擊妳心愛的熊的行為道歉。如果妳覺得還無法消氣，可以再多揍幾拳。如果妳想砍下我的手臂，那也沒問題。如果妳想要我的命，我願意奉上。所以……」

男人用嚴肅的表情說著。他不是開玩笑，是認真的。

「我才不要那些東西。我剛才也說過了，我會去見那位叫做櫻大人的人，但要不要接下這個任務就另當別論了。」

雖然我很同情那位櫻大人，但如果她不把人當人看，就算是忍的請求，我也不打算接受。如果只是要逃走，設置熊熊傳送門就能逃走了。

再說，逃到海上就能輕易甩掉追兵。

「師父，我來替你包紮。」

「抱歉。」

男人的身體好像也穿著鎖子甲，就是多虧如此才耐得住熊熊鐵拳吧。

「你特地告訴我護腕是祕銀製的，該不會是為了……」

「沒錯，我是為了讓妳認真攻擊才那麼說的。」

忍開始替十兵衛先生包紮。

忍明明也受傷了。

我稍微思考了一下，走到兩人面前。

「優奈？」

「我來治好你們。」

我把熊熊玩偶手套放在十兵衛先生的傷口上。

被熊熊玩偶手套毆打的手臂與腹部腫了起來。

「傷口開始消腫了。」

「活動起來或許仍會有點痛，但比起放著不管，這樣應該會比較舒服。」

我以前也曾經替菲娜療傷，當時她說傷口還留有一點疼痛。

我沒有替自己療傷過，使用過治療魔法的其他對象也只有蜂木那裡的熊而已。所以，我對治好傷口以後的狀態不是很清楚。

「忍的傷也讓我看看吧。」

「可以嗎？」

「妳是女孩子，要是留下傷痕就不好了吧。還有，如果想答謝我，只要替我瞞著這件事就好了。」

我把十兵衛先生的傷治好以後，也治好了忍的傷。兩人的傷勢都不嚴重，細小的傷口也徹底消失了。

「謝謝妳。」

「非常感謝。」

兩人對我低頭道謝。

「那麼，我要把周圍整理一下再回去。」

治好兩人的傷口之後，我開始收拾熊熊石像與遭到破壞的環境。我總不能讓現場維持這個樣子。

然後，完成善後工作的我們為了確認兩人的身分，決定去冒險者公會一趟。

或許是擔心突然帶我去見櫻大人和國王，我會感到不安，所以他們要去冒險者公會證明自己的身分。

他們大概是替我著想才會這麼做吧。

「哎呀，十兵衛先生、忍小姐。」

櫃檯小姐稱呼男人為十兵衛先生。原來這就是他的本名。

「而且，前幾天的可愛熊姑娘也在一起呢。」

櫃檯小姐很正常地向男人與忍打招呼。

她是我們前幾天接下鐮鼬的委託的那位櫃檯小姐。

「可是，十兵衛先生與忍小姐的衣服怎麼又破又髒的呢？」

順帶一提，熊熊裝備並不會變髒，所以我很乾淨。

「我們才剛工作完。」

忍笑著帶過。

的確，她沒有說謊。

跟十兵衛先生戰鬥就是她的工作。

「連十兵衛先生和忍小姐的衣服都會破掉，兩位究竟是跟多麼凶暴的對手戰鬥呢？」

凶暴？

忍的對手是十兵衛先生，但十兵衛先生的對手是我。

「這個嘛，我不能說。」

「好吧，以兩位的立場，總會有些不能說的事，但請別太勉強自己了。」

從櫃檯小姐的口氣聽來，她好像對這兩個人有一定程度的了解。

「對了，忍小姐怎麼會在這個時間跟十兵衛先生一起來呢？該不會是給那位熊女孩添麻煩了吧？」

「說得太過分了吧，我才沒有做那種事呢。」

不，妳明明就給我添了不少麻煩，而且還想把我捲進更麻煩的事。

「真的嗎？不可以給十兵衛先生或其他人添太多麻煩喔。」

櫃檯小姐很友善地與忍對話。

現在回想起來，或許就是因為十兵衛先生很有名，忍才沒有把肖像畫拿給其他人看。

忍從來沒有拿肖像畫給別人看，或是詢問別人。

「那麼，兩位今天怎麼會來呢？」

「沒什麼，只是想請妳向這位熊姑娘說明一下關於我和忍的事。」

「說明嗎？啊，果然是忍小姐做了什麼吧，所以才會被十兵衛先生以監護人的身分訓斥。」

「我就說了，不、不是那樣啦。」

忍大動作揮手，這麼否認。

「真的嗎？」

櫃檯小姐用懷疑的眼神看著忍。

「真的啦。」

可是，我覺得櫃檯小姐說的話其實也不算錯。

「那麼，我只要說明關於兩位的事情就可以了嗎？」

「拜託妳了。」

十兵衛先生對櫃檯小姐低下頭。

「雖然不太清楚是什麼狀況，但我明白了。十兵衛先生是這個國家的武將。」

武將。看來他好像是地位相當高的人。

「忍小姐雖然是冒險者，但同時也是十兵衛先生的徒弟，還是應該說部下呢？」

櫃檯小姐稍微歪起頭。

「兩種說法都沒錯。」

「所以他真的是忍的師父吧。」

不過，比起徒弟，感覺比較像部下。

「妳原本不相信嗎？」

「因為你們的戰鬥方式完全不一樣嘛。」

忍就像忍者一樣，用短刀戰鬥；十兵衛先生則是武將，使用的武器也不同。

「武器的使用方式是父親教我的，戰鬥方式則是師父教我的。」

「她的基礎已經定型，沒有必要勉強更改。」

十兵衛先生這麼答道。

這麼說來，忍的父親是忍者嗎？

然後，經過公會卡的確認，十兵衛先生和忍證明了自己的身分。

這天晚上，我們結束談話，決定明天前往櫻大人所在的首都……還是叫做王都或都城呢？

480 熊熊與櫻大人見面

隔天，我為了見到人稱櫻大人的巫女與這個國家的國王，走出了旅館。

「溫泉很舒服，料理也很美味喔。」

我對關照我幾天的心葉道謝。

「能聽到您這麼說，我很高興。」

心葉說「歡迎再次光臨」。希望下次能跟菲娜一起來。

然後，忍與十兵衛先生騎上各自的馬，我則騎著熊急出發。

「妳今天騎熊急啊。」

「是啊。」

昨天晚上，我只召喚熊緩、只擔心熊緩，熊急就因此鬧彆扭了。

那個時候我不能丟下忍，召喚熊緩也是由於熊緩跟忍比較熟的關係。而且我只是因為熊緩遭到攻擊，所以才擔心牠。

可是，對熊急來說，這種感覺就像被排擠一樣。所以我今天召喚的是熊急。

「話說回來，原來優奈是名人啊。」

事。

「什麼意思？」

「其實我從知道優奈是誰的冒險者口中聽說了一點消息。」

雖然我覺得這座城市不可能有知道我是誰的冒險者，但又想起了第一次造訪冒險者公會的事。

有一個男人看著我說出「血腥惡熊」這個詞。

「那個人說他是從其他大陸來的。聽說妳在那裡打倒了很強的魔物呢。」

忍該不會已經知道我的各種事蹟了吧？

到頭來，還是要看那個冒險者了解到什麼程度。

如果單論克里莫尼亞，頂多只有虎狼和黑蝰蛇。克拉肯的事情沒有曝光吧？巨大毒蠍的事情更是無從得知。

「現在回想起來，我或許應該請妳讓我確認公會卡的。」

即使忍這麼要求，我也不想讓別人知道公會卡的內容，所以大概會婉拒。如果有人突然要我表明公會卡的內容，以我的性格也絕對不會答應。更別說是比普通人還要可疑百倍的忍了。就算是別人拜託我，我當然也不會答應。

這麼思考的話，攻略我果然很困難吧？

「話說回來，十兵衛先生平常就會戴眼罩嗎？」

十兵衛先生現在戴著眼罩。從昨天的樣子看來，他並不是因為受傷才戴的。

「這麼做可以鍛鍊自己，也正好能測試對手的實力，所以我基本上都戴著。」

「師父說這樣可以測試部下或徒弟的實力。所以，部下或徒弟的第一個目標就是讓師父拿下眼罩。然後要躲開師父的三段突刺，接著是二刀流和魔法，師父會變得愈來愈強。」

「其實我本來想讓師父使出二刀流，讓優奈看看的。」

會漸漸變強的對手，聽起來好像某種戰鬥漫畫。

「可是，既然要測試我的實力，讓我看過十兵衛先生的戰鬥不就沒有意義了嗎？」

「沒有那回事。如果優奈看到師父戰鬥之後就逃走，我們會放棄。救不了一個人就無法拯救國家，這便是判斷標準。可是，優奈救了我。」

忍露出高興的表情。

「而且我們想讓妳看過我的戰鬥方式，再觀察妳的應對能力。妳的應對非常得宜。」

看來我的行動全都受到測試了。

話說回來，十兵衛先生當時的語氣很瞧不起人，但現在才是他原本的說話方式。我覺得他也有當演員的才華。

我還以為他真的是戰鬥狂呢。

然後，我們騎著熊與馬，中午前就開始看見人稱櫻大人的巫女所在的王都……或者該說是都城了。

「櫻大人與國王陛下就在那裡。」

好了，對方是什麼樣的人物呢？

如果是很霸道又討人厭的傢伙，我打算立刻走人。

我不幫沒禮貌的人。我既不是勇者，也不想當英雄，更不是不惜委屈自己也要幫助他人的博愛主義者。

「對了，我要把話先說在前頭。如果那個巫女大人或國王陛下嘲笑我，我就要回去了喔。」

我這麼強調。

既然要拜託別人，至少也要遵守最低限度的禮節。

忍瞄了十兵衛先生一眼。

「我晚點會先聯絡國王陛下，別擔心。」

這種事不該說出來吧？

而且還是在我面前說。

「櫻大人應該沒問題。」

也就是說，國王陛下可能會笑，櫻大人則沒問題吧。

過了一陣子，我們開始看見城門了。

「直接進去沒關係嗎？」

我看著熊急。於是，兩人也同樣看著熊急。

「怎麼辦呢？」

「有我在應該沒問題，但或許會引起騷動。」

「可是，優奈的打扮本來就很引人注目了。她光是走在街上，就會成為目光的焦點。」

忍好像是指我們一起尋找十兵衛先生時的事。

當時的確有很多居民看著我。

「既然如此，優奈要跟我一起騎疾風丸嗎？」

忍撫摸疾風丸的脖子。

騎馬的話，確實比較不顯眼。

我正這麼想的時候，熊急寂寞地叫了一聲。

你別這麼難過嘛。

然後，經過一番思考……

我把熊急變小了。

「優奈的熊還能變小嗎？」

我很猶豫究竟要召回熊急，還是對忍他們透露小熊化的事。考慮到熊急的心情，我決定跟小熊化的熊急在一起。

忍與十兵衛先生都用驚訝的表情看著小熊化的熊急。

「因為我的熊急是特別的熊啊。」

「牠該不會是聖獸吧？」

由於是神給的，所以真要說的話，或許是神獸吧。

但是，無論如何，我都不打算對忍說出這件事。

我抱著熊急騎上疾風丸，忍則坐在我的後方。

雖然搭過馬車，但這是我第一次騎馬。

載著我們的疾風丸朝城門走去。

「優奈。」

「幹嘛？」

「妳抱起來好軟，好舒服喔。」

忍緊貼著我的身體。

我回過頭，瞪著忍。

「妳敢做什麼奇怪的事，我就揍妳。」

「………………」

「妳不說話是什麼意思？」

「嗚嗚，我知道了啦。別這樣瞪我嘛。我什麼都不會再做了。」

忍一臉遺憾。

然後，我們拿出公會卡接受檢查，通過城門。

守門人當然驚訝地看著我，但因為十兵衛先生陪同，所以他們沒有出聲搭話或是把我擋下來。

「優奈，歡迎來到泰色萊。」

不知道該稱之為王都還是都城，我來到了和之國泰色萊。

看來這裡果然不叫江戶或京都之類的名字。

然後，我的眼前浮現一幅京都般的和風景象。遠方有一座城堡，跟芙蘿拉大人居住的西洋風城堡不同，比較接近日本的城堡。

我在原本的世界也不曾進到日本的城堡內部。小學的遠足沒有去過那種地方，而且我到國中時就開始足不出戶了。我並沒有獨自參觀城堡的興趣，頂多只在電視或網路上看過而已。

「櫻大人就在那座城堡裡嗎？」

「不，櫻大人在別的地方。」

我想進到城堡裡看看，所以感到有點可惜。

「可是，國王陛下在那裡。」

嗯，我想也是。既然如此，去見國王的時候就能進入城堡了吧？

「話說回來，大家都在看我們呢。」

「是啊，確實如此。」

忍與十兵衛先生環顧四周。

周圍的人都在看我。目光的焦點不是小熊化的熊急，依然是我。

「忍，我要去城堡報告了。妳帶她去見櫻大人吧。」

十兵衛先生說完便輕踢馬的側腹部，駕馬朝城堡奔去。

「啊，師父，你太奸詐了！」

十兵衛先生不理會忍的呼喊，消失在街道中。

我們被留在原地。

「雖然有必要報告，但他一定是故意逃走的。」

也就是說，他不想跟我這個目光焦點待在一起嗎？

「好了，我們也趕快去見櫻大人吧。」

忍為了盡量躲避目光，輕踢疾風丸的側腹部，駕馬前進。

馬在街道中小跑步。

跟靠海的城市相比，這裡的人與建築物都更多。

「妳覺得很稀奇嗎？」

我正在左顧右盼的時候，忍這麼問道。

「是啊，因為這裡跟我居住的地方完全不一樣。」

就算是在原本的世界，我家附近也都是公寓或高樓大廈，沒有這種和風建築。

「這樣啊。希望我總有一天也能去妳住的國家看看。」

這個嘛，雖然我不知道距離有多遠，但大概是無法輕易往來的吧。

然後，載著我們的疾風丸繼續前進。

「所以，那位櫻大人所在的地方還沒有到嗎？」

路上的人潮漸漸變少。

從剛才開始，我們就一直跑在漫長的圍牆旁邊。

「我們已經到了，但入口在更前面的地方。」

「該不會就是這道牆壁裡面吧？」

「沒錯。」

看來她住在占地廣闊的宅邸中。

然後，我們前進了一陣子，漸漸開始看到圍牆的入口。入口有兩名拿著長槍的守門人。

守門人瞄了我一眼，但又馬上將目光放在忍身上。

「忍閣下，我們恭候多時了。櫻大人正在等您。」

「我知道了。優奈，接下來要用走的喔。」

我與忍從疾風丸背上跳下來。

「這也是她夢到的嗎？」

我小聲詢問忍。

對方好像早就知道我們會來了。

「不是啦，是我昨天聯絡他們的。」

忍召回疾風丸，通過大門。

守門人用好奇的眼光看著我，但什麼都沒有多說就放行了。

一走進大門就能看到寬廣的庭園，繼續往前走就會抵達一棟高大的建築物。

我以前在電視上看過，那就是武士居住的宅邸吧。

我們直接走進建築物，在走廊上前進，而忍在一扇紙門前停下腳步。

「我是忍，我帶優奈過來了。」

「請進。」

聽到聲音從裡面傳出，忍便打開紙門。門後是一個鋪著榻榻米的寬敞房間，一個身穿白色巫女服的人坐在房間的深處。

她就是櫻大人嗎？

仔細一看，會發現她非常嬌小。

該不會是小孩子吧？

481 熊熊與櫻對話

身穿白色巫女服的女孩子一個人坐在鋪著榻榻米的寬敞房間最深處。

「櫻大人，我回來了。」

「忍，有沒有受傷？」

穿著巫女服的女孩站了起來，對忍表達關心。

「沒事的，我很好。」

忍當場表演前空翻與後空翻。

真的就像身手矯健的忍者一樣。

實際上她沒有受重傷，也已經用魔法治好了。而且就算還會痛，應該也只剩一點點而已。

「太好了。」

女孩放心地重新坐好。

我與忍來到女孩的面前。女孩的面前放著坐墊，她催促我坐下。

「優奈，我來介紹，這位就是櫻大人。」

「我的名字叫做櫻。」

與剛才擔心忍的年幼表情不同，櫻用認真的表情向我打招呼。

她的年齡看起來跟菲娜差不多。

剛才對忍顯露的表情已經消失，現在的她用標緻的五官擺出端莊的態度，挺直腰桿看著我。

黑色長髮披在巫女服上，帶著某種神祕的氣息。

不過，我實在沒想到能作預知夢的巫女會是這麼年幼的女孩子。

「妳應該已經知道了，我是優奈，這孩子是熊急。」

我介紹自己懷中的小熊型熊急。

「這次讓您留下如此不愉快的回憶，我真的非常抱歉。以這樣的形式請您來到這裡，我要對您致上最深的歉意。」

櫻以不像小孩子的語氣道歉，把手放在前方，深深低頭直到快要碰到榻榻米的地步。

「已經夠了，妳把頭抬起來吧。」

這種感覺就像叫小孩子下跪一樣，很不舒服。聽到我說的話，櫻緩緩抬起頭。

「謝謝您。」

「就算是這樣，我也還沒決定接下委託喔。因為忍拚了命，我才會來聽聽看詳情。」

另外，我也對預知夢很好奇。

「是，我很感謝忍願意接下這份苦差事。」

「沒有那回事啦。跟櫻大人的辛勞比起來，這根本沒什麼。」

「忍，謝謝妳。」

櫻對忍微笑。

櫻轉頭看著我，露出緊張的表情。我有這麼令人緊張嗎？雖然我不是吉祥物，但也沒打扮成會讓人緊張的樣子吧。

櫻輕輕吐氣，接著像是下定某種決心，開口說道：

「優奈大人，能請您讓我握著您的手嗎？」

「手？」

我讓熊熊玩偶手套的嘴巴開開闔闔。可是，櫻仍然維持認真的表情。看來她並不是因為好奇才想觸摸我的熊熊玩偶手套。

「是的，如果您不介意，拜託您了。」

櫻低下頭。

「應該不是什麼奇怪的事吧？」

「是的，不是什麼奇怪的事。我可以保證。」

「既然如此，那好吧。」

「謝、謝謝您。」

我表示允許，櫻便站了起來，來到我的面前。接著，她在我面前重新坐下，用緊張的表情握住我遞出的熊熊玩偶手套，慢慢閉上眼睛。

握著熊熊玩偶手套的櫻一動也不動。她只是靜靜地握著我的熊熊玩偶手套。

大概過了一分鐘，櫻還是沒有動，我正想出聲呼喚的瞬間，眼淚從櫻的眼角滑落。

「妳、妳怎麼了？」

我慌了起來。沒想到光是握個手，她就哭了。

「溫暖又純淨的魔力，這毫無疑問是我在夢中感受到的那道光。我終於抓住了。」

握著熊熊玩偶手套的櫻加強了力道。她的手又小又柔弱，但我能感受到她不願放開手的強烈情感。

「終於，終於。」

櫻沒有擦掉眼淚，而是緊緊握著我的手。

我不知所措地看著櫻，她就緩緩睜開眼睛了。

她雖然流淚，表情卻轉變成笑容。

「真的很抱歉。因為這是我一直追求，卻怎麼抓也抓不住的東西。」

櫻放開我的手，擦去眼淚。

「還沒確認之前，我一直很不安。可是，優奈大人毫無疑問是我在夢中見到的希望之光。」

「妳連這種事情都能感覺到嗎？」

「這是我在夢中見過好幾次，不斷嘗試抓住的光芒。我能從優奈大人身上感受到同樣的力量，絕對不會錯的。」

櫻用堅定的語氣回答。

然後，她高興地微笑。

櫻對我道謝，離開我的面前，重新坐回位子上。

「這麼說來，妳真的能夢見未來嗎？還有，妳能夢到任何事嗎？」

「不，我只能夢見與自己有關的事。而且，我也不是什麼都夢得到。我只能夢到隨機的未來，無法自由地夢見自己想知道的事。反過來說，就算我不想知道，也會夢見。」

「妳只能夢見自己的未來嗎？」

「是的，我夢見的應該都是與我有關的未來。」

看來她沒辦法夢見他人的未來。

「我可以問一個問題嗎？」

「只要是我能回答的問題，請問。」

「如果我沒有幫忙，未來會怎麼樣？」

「封印會解除，導致魔物復活，使許多人在我的面前死去。」

「那復活後的魔物會怎麼樣？」

「我不知道。由於到時候我也會死，我不知道後來會不會有人打倒魔物。災害或許會擴大。可是，未來的我會死去，所以沒有人能知道在那之後的事。」

這番話的意思是，她已經見過自己死亡好幾次了嗎？

她沒有逃走嗎？還是說，沒有辦法逃走？

這個女孩已經在夢中經歷了自己的死亡，而且是一次又一次。然而，她在夢中找到了希望之光，也就是我。我是她一直沒能抓住的光。我覺得自己好像明白她剛才落淚的理由了。

「可是，我在絕望的夢中找到了光。那道光雖然遙遠，卻給我溫暖的感覺。光芒搖搖晃晃，仔細一看還有著野獸般的外型，而且有人騎在上面。」

說完，她看著熊急。

雖然我當時騎的是熊緩。

「我將那道光取名為希望之光。可是，我不知道該如何呼喚希望之光來到這裡。那道光搖搖晃晃，總是自由自在地移動。我拚了命想抓住，卻還是抓不住。可是，某一天，我發現那道光會從海上過來。」

這部分我已經聽忍說過了。

「國王陛下為了迎接乘著野獸從海上前來的人，在海邊部署了士兵。然而，希望之光卻消失了。所以，國王陛下又馬上撤回了士兵。」

櫻說著我從忍口中聽說過的話。

於是，最後是由忍來接觸乘著野獸前來的我。

「未來是可以改變的嗎？」

「光憑弱小的力量無法改變，但掌握強大力量的人就能改變未來。」

「強大的力量？」

「例如國王陛下的力量。國王陛下採取行動，國家就會跟著動起來。首先，我得知希望之光會乘著野獸從海上前來。因為野獸或許有危險，國王陛下準備了兵力。可是，當晚的夢顯示光芒會逐漸遠去，然後消失。雖然我個人無法改變未來，擁有力量的人卻能夠促成改變。」

就算知道會有成群的魔物來襲，無力打倒魔物的櫻一個人也無法改變未來。可是，國王動用軍隊似乎就能改變未來了。

「我聽忍說過，你們好像是為了測試我的實力，才會派十兵衛先生來跟我戰鬥。妳說的希望之光，國王不相信嗎？」

櫻搖搖頭。

「不是國王陛下，而是重臣與遵守古老傳統的人們。他們排斥讓外人進入那塊土地，認為不該向來路不明的人求助，所以也有反對的意見出現。國王陛下總不能只聽我一個人的說法……」

櫻用難以啟齒的表情低下頭來。

所以，事情才會演變成這麼麻煩的狀況啊。

希望之光確實只有櫻能感受到。聽說有人將乘著野獸從海上前來，其他人會感到懷疑也無可厚非。

而且，那個人的實力也不明。對方或許不抱善意，而是抱著敵意。

來到這裡的人卻是個騎著熊且打扮成熊的女孩子。這一點或許讓他們更加困擾吧。

「另外，也因為我的夢是機密，只有一部分的人知情，才會讓優奈大人留下不愉快的回憶。」

櫻露出深感抱歉的表情。

「既然這樣，我想確認一下，你們真的要委託我這種打扮的人嗎？其他人應該會有意見吧？」

我的打扮就是一隻穿著布偶裝的熊。在一般人的眼裡，我不像是能夠打倒魔物的人。

「您勝過了十兵衛，沒有人能質疑您。如果還是有人不信任優奈大人的力量，那就是不明白國家大事的愚蠢之徒。」

櫻握緊放在腿上的小手。

我想她其實並不想讓我們戰鬥。

看她見到忍進入房間時的表情，我就知道了。

現在，我想幫助自己眼前的這個女孩。

如果要拜託我，一開始請櫻出面就好了。

第一步就走錯了。因為告訴了國王，才會把事情鬧大。

如果來見我的人就是眼前的櫻，我應該會聽她說。

而且，聽到她這麼認真地訴說，我便會盡己所能地幫忙。

這麼說來，攻略我的方法就是派小孩子來嗎？

菲娜的事、黑蝰蛇的事、孤兒院的事、幫諾雅打倒一萬隻魔物的事、米莎的生日派對、沙漠的卡麗娜，全部都跟小孩子有關。

看來我就是對小孩子沒有抵抗力。

482 希望之光 櫻視角

從某一天起，我開始能夢見未來發生的事。

雖然這是很厲害的力量，同時卻也令我害怕。

能看見未來並不全是好事。有開心的事，也有傷心的事。

而且，這種力量並非萬能。我不一定能夢見自己想知道的事。無論是好事還是壞事，未來都會展現給我看。

我有時候也會夢見熟人死去的模樣。

然後，大約一個月前，我又作夢了。我夢見位在國家中心、稱為黎聶思的島被黑霧籠罩，黑霧還襲擊了城市，殺死民眾。夢中有許多士兵為了保護我而死，最後我也無能為力地死去。

早上起床時，我只覺得自己作了惡夢。

可是，我連續三天都作了同樣的夢。

因為我一年只會夢到未來幾次，經常以為是普通的夢而沒有發現。

然而，這場夢是未來會發生的事。

482 希望之光 櫻視角

黎聶思島是過去封印了魔物的島。黑霧或許是在暗示魔物。

夢並不會讓我看到所有的未來，只會顯示一些片段。

在知道我的夢的少數人之中，我向國王陛下轉達自己在夢中見到的事，建議調查封印著魔物的黎聶思島。國王陛下馬上就派人去調查了。然後，我們發現一部分的封印已經減弱。

國王陛下立刻採取行動應對。

不過，封印著魔物的黎聶思島不允許男性進入。因此，國王陛下為了處理此事而忙得分身乏術。

絕對不能讓那種夢境成真。

在找不到應對措施的情況下，日子一天一天過去。每天作夢的時候，我都會不斷見到自己死去的模樣。我很害怕睡著。然而，我必須盡可能地尋找解決方法。夢中一定有線索。

可是，今天大家依然死去。

我什麼都辦不到，只能看著大家被黑霧襲擊而死。我也死了好幾次。

只剩絕望。

黑暗漸漸逼近。好暗，好恐怖，好難受，身體好痛。痛得就像被五馬分屍一樣。

誰來救救我吧。

快點，讓我從夢中醒來。

我想逃離這場惡夢。

在絕望之中，一道照亮我的光芒出現了。那道光既溫暖又柔和。

那道光能減輕我的痛苦。

我伸出手，試圖向光芒求救。可是，光芒逃向了遠方。我的小手無法觸及。

我使出渾身的力氣，追逐那道光。

我拚了命伸出手。沒有看路的我不小心跌倒了。光芒不斷遠去。

拜託，不要走。

可是，我的願望沒有成真。光芒消失，我被黑暗吞噬，因灼燒般的痛楚而驚醒。

我還活著。

我鬆了一口氣，同時想起那道光。

那道光非常溫暖，照亮了那個死亡世界，是拯救這個國家的希望之光。

到了隔天，那道光也在絕望的夢中出現了。看著那道光，我的心就感到溫暖。可是，光芒很遠，我的手搆不到。

拜託，請救救我們。

只要我辦得到，我什麼都願意做。想要我的命也沒問題。所以，請救救大家吧。

或許是我的意念傳達到了，光芒開始緩緩靠近。

動物？

光芒的形狀就像動物一樣。

不是馬，而是體型更大、看起來更狂暴的野獸。有人騎在那隻野獸上面。

人形的光芒給我一種溫暖的感受。

這個人會保護這個國家。

我對光芒伸出手，乘著野獸的人形光芒就搖搖晃晃地遠離我了。

等一下！拜託！不要走！

我的聲音傳不到那個人耳裡。光芒消失在東方的海上。

然後，我從預知夢中甦醒。

我將預知夢的內容轉達給國王陛下。

「這麼說來，有人會從東方的海上乘著野獸前來嗎？」

「雖然我不知道那道光代表什麼，但我有這種感覺。」

國王陛下隱瞞了我的夢，只說是巫女的啟示，向重臣們提起這件事。

重臣們一方面表示喜悅，一方面也將其視為危險。

「那真的是希望之光嗎？」「那頭野獸不會攻擊人嗎？」「既然乘著野獸，難道不危險嗎？」「那名乘著野獸的人值得信任嗎？」「真的要讓外人進入黎聶思嗎？」「那個人能打倒黎聶思的魔物嗎？」「不，我們應該相信。」「也沒有其他手段能對付魔物了。」

有人將野獸視為危險，有人反對讓來路不明的人進入黎聶思島，有人向光芒求助。

國王陛下聽取了這些意見，也考慮到出現在夢中的發光野獸可能有危險，於是決定派兵駐守港口。

我表示沒有那個必要，但其他人認為對方與被封印的魔物具有同等的力量，可能會有危險，所以我無法強烈反對。

當天的夢中，看見海邊有士兵駐守的希望之光沒有靠近，反而消失在遠處的海上。然後，國家被絕望包圍，許多人因此喪命，而我也跟著死去。

聽說我夢見的內容，國王陛下立刻下令撤回士兵。

為了迎接希望之光，重臣、武將，甚至國王陛下都曾經獲選，但光芒雖然曾靠近，最後還是會消失。

然而，總得有人去迎接並提出請求。

經過一番討論，具有實力又身為女性的忍雀屏中選了。

神奇的是，光芒從來沒有這麼靠近過。

忍無論跟誰都能輕鬆相處的性格或許能成功。

同時，忍也必須擔起測試希望之光是否安全，並且確認其實力的責任。

忍笑著接下了這項重責大任。

「只要能拯救櫻大人，我什麼都願意做。」

我希望忍也可以活下來，不希望任何人死去。

忍前去監視東方海面幾天之後，我們收到了報告書。

根據報告書的內容，一名騎著黑熊且打扮成熊的女孩子從海上現身了。

我一頭霧水。

騎著熊且打扮成熊的女孩子？

打扮成熊是什麼意思？

她身上披著熊的毛皮嗎？

我試著想像，覺得有點可怕。

報告書上也寫到，那個女孩的年齡大約是十三、十四歲左右。

對方是那麼小的孩子嗎？

另外，報告書還寫到那頭熊會在海上奔跑。

熊在海上奔跑？

我根本無法想像。

而且，據說熊不只一頭，還有另外一頭白熊。

可是，如果有著野獸外型的光芒是熊，騎在上面的人物就是那個女孩，就跟我夢到的內容相同了。

我繼續閱讀報告書。

騎著熊從海上現身的女孩登上了陸地，然後對兩頭熊做了些什麼，熊就消失了。

忍的報告書上寫著「熊應該是召喚獸，由於被召回而消失」。

然後，忍避免立刻與女孩接觸，試著觀察她。女孩似乎在街上愉快地逛著，接著住進了旅館。

報告書上寫著，她目前沒有做出引人注目的行為，難以判斷究竟是不是希望之光。

只不過，當天晚上我沒有作夢。

我不知道事情究竟如何了。但願有朝好的方向發展。

隔天晚上，等待已久的新報告書送達了。

上面寫著女孩買了榻榻米等許多東西。而且，她買了多達六十張的榻榻米。

那麼多？

另外，她手上戴著的熊造型手套好像是道具袋。

熊造型手套？

不行，光看文章實在難以想像。

我想見見她，親眼確認。

只要見到她，一定就能明白了。

可是，我不能這麼做。我不能妨礙忍。

我繼續閱讀報告書。

忍似乎成功與女孩接觸了。

據說女孩路過冒險者公會，看到有人因為村子遭到鐮鼬襲擊而陷入困難，於是便接下了委託。

報告書上寫著忍也一起接下了那份委託。

她們順利接觸的事讓我鬆了一口氣。

打扮成熊的女孩名叫優奈大人。

忍說要觀察女孩與鐮鼬戰鬥的方式，確認她的實力，判斷她究竟是不是希望之光。

如果她有可能是希望之光，就必須與十兵衛戰鬥。我開始感到不安。

早上，我醒了過來。今天也沒有作夢。

單純是沒有作夢嗎？還是有什麼改變了？

作夢讓我不安，但不作夢也讓我很不安。

那天晚上，新的報告書送達了。

報告書用興奮的口吻寫著女孩召喚了黑熊與白熊召喚獸的事。

據說黑熊的名字叫做熊緩，白熊的名字叫做熊急。

真是可愛的名字。

除此之外，報告書上也寫著女孩輕易打倒鐮鼬的事。

雖然我不知道鐮鼬有多強，但看忍的報告書就知道這是很厲害的事。

然後，忍謊稱十兵衛是自己的殺父仇人，拜託女孩與他戰鬥，女孩就答應了。十兵衛要與忍戰鬥的事讓我很不安，但我也很擔心女孩能不能贏過十兵衛。如果她無法戰勝十兵衛，便不能算是希望之光。

這一點我很清楚。贏不了十兵衛的人不可能勝過被封印的魔物。

我一方面希望女孩是希望之光，但另一方面，必須讓一個十三、十四歲的女孩與十兵衛戰鬥，甚至與魔物戰鬥的事也讓我的內心湧現罪惡感。

可是，如果她是希望之光，為了保護國家，我必須拜託那個女孩接下任務。

然後，今天她就要跟十兵衛戰鬥了。

我等待著忍的報告，內心充滿了不安。十兵衛與忍會盡全力戰鬥。可能是希望之光的女孩也會跟十兵衛戰鬥。

希望所有人都能平安回來。而且，我希望那個女孩真的是希望之光。

不安的我在深夜接獲報告。報告書上寫著女孩勝過十兵衛的事。

我簡直難以置信。

她贏過了那位十兵衛嗎？

女孩毫無疑問是希望之光。

眼淚從我的眼眶落下。

我想早點見到那個女孩，不，應該稱呼她為優奈大人。

然後，我必須為這次的事向她道歉。

483 熊熊聽櫻說

「優奈大人，我有件事想請教，請問可以嗎？」

「什麼事？」

「我透過報告得知優奈大人帶著黑熊與白熊，而且體型大得足以載人，請問跟那隻熊熊是不同的熊熊嗎？牠們的名字似乎一樣。」

櫻看著我懷中的熊急。

她好像聽說了關於熊緩與熊急的事，但並沒有聽說我進入城市時將熊急變成小熊的事。

「優奈的熊好像可以變小，也可以變大喔。」

我回答之前，忍就這麼說明了。

我忘記叫她保密了。

「是嗎？」

櫻定睛凝視著熊急。她已經露出與年齡相符的孩子氣眼神。

「如果妳不介意，我可以把牠變大。」

「真的可以嗎！」

櫻的眼神閃閃發亮。

我把熊急放在旁邊，將牠變回原本的大小。

「真、真的變大了。我記得牠的名字是熊急大人吧。」

竟然稱呼熊急大人。而且她也用優奈大人來稱呼我。

總覺得有點不自在。我並沒有偉大到值得別人用大人來稱呼我，只不過是個原本足不出戶的遊戲玩家。

「優奈大人，那個，如果不麻煩的話，能不能請您也讓我看看名叫熊緩大人的黑熊呢……」

櫻有點客氣地拜託我。

既然她已經透過報告得知了熊緩的事，現在也沒必要隱瞞了，我於是召喚給她看。

「牠就是熊緩。」

「咿～」

熊緩對櫻打招呼。

「熊緩大人和熊急大人都非常神聖呢。」

櫻就像是想要雙手合十、膜拜牠們似的。

「「咿～」」

聽到櫻所說的話，熊緩與熊急用「會嗎？」的表情歪著頭。

熊緩與熊急這麼悠閒的表情，看起來真的神聖嗎？

「忍，你們是不是應該帶櫻去看醫生？」

「我能理解妳的心情，但她沒有生病。只不過是在櫻大人的眼裡看起來像那樣而已。」

換句話說，忍並不覺得熊緩與熊急看起來很神聖吧。

「忍不覺得牠們的臉看起來很神聖嗎？」

熊緩與熊急轉頭望著忍。

忍也看著熊緩與熊急。

「呃，那個，其實有一點啦。看起來好耀眼。」

忍用手遮住眼睛，做出感到耀眼的舉止。

嗯，她肯定不覺得。我也不覺得。

這種悠閒的表情雖然可愛，但並不神聖吧。

還是說，因為牠們是神賜予的熊，身為巫女的櫻感受得到？

「牠們就是發光的野獸。優奈大人，請問我能摸摸牠們嗎？」

「只是摸一下的話，沒關係。」

我覺得櫻不會做出什麼奇怪的事，於是允許。

櫻握住熊急的腳掌。

「我能感受到與優奈大人相同的力量。而且觸感好軟，好舒服。」

然後，她也握住熊緩的腳掌，說出同樣的感想。

「非常謝謝您。」

櫻似乎滿足了，重新在位子上坐好。

然後，這次換我向櫻發問了。

如果要承接這次的委託，有些事我得先詢問。我再怎麼厲害，依舊有做得到與做不到的事。如果是像塔古伊那樣的怪物，我也無法打倒。

「關於被封印的魔物，能告訴我一些情報嗎？還是說我應該去問國王或其他人？」

「倘若是我所知的範圍，我很樂意說明。」

說著，櫻開始娓娓道來。

一百多年以前，這個國家的人們合力削弱魔物，將其封印在黎矗思島。

由於被封印的魔物會吸取人的邪氣，國家禁止人們出入那座島。

即使如此，仍有男性試圖進入那座島，所以那裡有阻擋男性的結界。

「為什麼只有男人想要進入那座島？」

「管理結界的女性是一位美女。因此，有一位美女獨自待在那座島的事情傳了出去，使登島的男性增加了。」

男人跑到只有一名女性的島上，肯定抱著負面的感情。

「既然如此，派護衛過去不就好了嗎？」

「人數愈多，負面情感就愈容易累積。是以管理結界的人只有一個。」

「因為如此，那名女性設下了阻擋男性的結界。」

我懂了。

如果能設下那種結界，我也會做出同樣的事。

可是，竟然能設下那麼有針對性的結界，不愧是奇幻世界。

畢竟光是有魔法存在，就已經是無所不能的奇幻世界了。

「不能解除那種阻擋男性的結界嗎？」

「根據設下結界的人所言，因為有使用到封印魔物的結界，一旦解除便無法再度封印了。」

雖然有一部分未知的事實，但幾乎都跟我從忍口中聽說的內容相同。

麻煩的是男性無法進入。光是如此就會減少戰力。

「所以，那種魔物是什麼樣的魔物？」

我還不知道這件事。這是最重要的情報。

「那是一種有四顆頭的蛇型魔物，我們稱之為大蛇。」

「大蛇……」

「牠會從嘴巴吐火，將人燒死，或是捲起強風，將人大卸八塊，也能噴水，將人淹死，甚至運用土石，將人壓死。」

大蛇般的怪物……以日本舉例，八岐大蛇就很有名。那是一種有八顆頭，以及巨大蛇身的妖

怪。這次好像算是魔物吧？

牠跟黑蝰蛇不一樣嗎？還是比較接近希臘神話的九頭蛇呢？

另外，我對牠的大小沒什麼概念。如果跟黑蝰蛇差不多大，只是有四顆頭的話，我應該能打倒牠。

「所以，我們希望優奈大人能在大蛇的封印完全解除之前削弱牠，並幫助我們重新封印牠。」

「能戰鬥的人只有我嗎？」

「不，我們也召集了優奈大人以外的幫手。只不過，正如我剛才所說的，因為只有女性能進入那座島，恐怕幫助不大。其中沒有任何人能戰勝與優奈大人對戰過的十兵衛。」

十兵衛先生很強。

似乎沒有女性跟他一樣強。

「順帶一提，我也是其中一個成員喔。」

在一旁聽著的忍插嘴說道。

「忍也要去？妳不是贏不了十兵衛先生嗎？」

「我好歹也算比較強的人。能贏過師父的優奈才奇怪呢。妳使用小刀的技術是怎樣？我從來沒見過有人能那麼輕鬆地擋下師父的刀。而且，那種大熊形成的牆壁又是怎麼回事？」

熊熊魔法是我的奧義、必殺技，也是究極魔法。

相對地，用起來會消耗許多魔力。

如果能像對付克拉肯一樣單方面攻擊，換成白熊會比較好，但這次沒辦法用這招。

「優奈大人，請問您能不能助我們一臂之力呢？」

櫻對我深深低下頭。

我不知道自己能不能打倒有四顆頭的大蛇。可是，我也忘不了櫻剛才握著我的手哭泣的表情。這個小女孩體會了熟人或親友，甚至是自己死亡的夢境。就算是夢境，應該也很難受。而且，如果我不幫忙，夢境或許就會成真。

「我或許無法打倒大蛇喔。」

「我相信自己的夢。所以，我也相信優奈大人。」

櫻用堅定的眼神注視著我。

「如果打不贏，我會逃走喔。」

「好的，那樣也沒關係。」

櫻毫不猶豫地立刻回答。

櫻的年齡就跟她的外表相符吧？

她該不會是外表看似小孩，智慧卻過於常人吧？

「櫻，妳幾歲？」

「呃，我今年十歲，怎麼了嗎？」

她的年齡確實如同外表。

「我知道了。雖然不確定能做到什麼程度，但我會幫忙的。」

「謝、謝謝您。」

櫻的表情從認真的模樣轉變成與年齡相符的可愛笑容。

「別對我抱太大的期待喔。」

「我相信您。」

好沉重，櫻的信賴好沉重。

雖然我不想辜負純真少女的心意，但真的不確定事情會如何。

「事情談完了吧。那麼，我去請從剛才就開始在房間外等待的人進來了。」

忍站了起來，打開我們剛才通過的紙門。

門後有十兵衛先生，以及一名穿著和服褲裙的男人。

「終於談完了啊。」

男人這麼說著，走進房間。

年齡大約四十歲左右，下巴留著鬍子，體格很高大。

「她真的打扮成熊的樣子呢。而且還有黑熊與白熊，正如報告所言。」

男人先看著我，然後看著熊緩與熊急。

他並沒有表現出害怕的神情。

「櫻，妳確定是這個女孩嗎？」

「是的，毫無疑問。她正是希望之光。」

「這樣啊。那麼，她怎麼說？」

「她願意助我們一臂之力。」

「我知道了。所有人面向後方，摀住耳朵！」

男人這麼說完，忍、十兵衛先生與櫻共三個人便面向後方，摀住了耳朵。

怎麼回事？

男人走到我的面前，用很大的動作跪坐下來。

「我是這個國家的王——蘇芳。這次我國對妳做出無禮之舉，我在此表達歉意。除此之外，我也要感謝妳願意幫助我國。」

男人深深低下頭。

「……國王？」

男人抬起頭。

「我身為國王，不能在臣子面前謝罪，所以才會出此下策。」

雖說已經摀著耳朵面向後方，但十兵衛先生、忍和櫻這些臣子還是在場啊。國王對穿著熊熊布偶裝的女孩子低頭真的好嗎？

「所有人可以回過頭了。」

國王這麼一說，摀著耳朵面向後方的三個人便若無其事地回過頭來。

沒有人要吐槽嗎？

他們剛才摀著耳朵吧？

明明有聽到不是嗎？

就是因為有聽到才回過頭吧？

這樣就可以了嗎？

我可不會吐槽喔。

484 熊熊與國王對話

「國王陛下，請問城堡方面怎麼樣了呢？」

櫻若無其事地問道。

這種假裝沒事的技術是怎樣？

其他人好像也沒有放在心上。

我決定模仿他們，假裝什麼事都沒有。

「我讓他們閉上嘴了。無論打扮成什麼樣子、年齡有多小，她都是打倒十兵衛的強者。而且他們也都各自接獲報告了，應該不會再反對。」

國王這麼說完便看著我。

為什麼要強調「無論打扮成什麼樣子」？但我打扮成熊的樣子，所以也沒辦法反駁就是了。

「不過，雖然我已經接獲報告，但實在沒想到會是如此嬌小的女孩子。若不是櫻所說的話，我肯定會懷疑。」

我、我才不嬌小呢，是國王太高大了啦。

不過，原來他很信任櫻所說的話啊。

然後，國王看著身後的十兵衛先生。

「十兵衛，你真的輸給了這個人嗎？」

「是的。她與外表不同，看過我與忍的戰鬥也不膽怯，在忍陷入險境時挺身保護她，並戰勝了拿出全力的我。我以自身的性命發誓，她比任何武將或任何人都還要強。」

「這樣啊，原來異國也有如此嬌小的強者。」

不，我應該是特例。

到目前為止，我還沒有遇到比我更強的人。

這也是多虧有神賜給我的熊熊裝備。如果沒有熊熊裝備，我就只是一個手無縛雞之力的女孩子。

然後，國王轉頭望著左右兩側的熊緩與熊急。

「另外，牠們就是櫻所說的希望之獸吧。我聽說牠們很勇猛，但該怎麼說呢？這些熊看起來並不恐怖呢。」

「「咿～」」

國王所說的話讓熊緩與熊急發出抗議的叫聲，但我個人覺得牠們戰鬥時很帥氣，平常的表情卻很悠閒，所以也無法反駁國王。

再說，如果牠們一直都是勇猛的表情，孩子們應該會怕得不敢靠近。

「我能摸牠們嗎？」

「只要不傷害牠們就好。」

「我不會那麼做的。那麼，我就不客氣了。」

國王觸摸熊急的身體。

「哦，觸感真好，摸起來真舒服。而且又白又漂亮。我很想要這種毛皮呢。」

國王這麼說的瞬間，熊急用敏捷的動作逃離國王，躲到我的身後。

「咿～」

你的身體這麼大，靠我的身體是遮不住的。

如果國王想要那麼做，我當然會保護熊急。

國王看著逃走的熊急。

我正想說「這種話就算是開玩笑也不能說」的時候，櫻就先開口了。

「舅父大人！請您謹言慎行。您知道忍他們是付出了多少辛勞，好不容易才將優奈大人、熊緩大人與熊急大人帶來這裡的嗎？如果優奈大人因舅父大人所說的話而動怒，決定離開這個國家，您打算如何是好呢！」

櫻生氣地對國王說道。

「抱歉，我沒有要把牠們做成毛皮的意思，只是想表達觸感有多好罷了。」

國王坦白道歉。

奇怪？櫻剛才是不是稱呼國王為「舅父大人」？

「我知道。可是，有些話能說，有些話就是不能說。請您對自己的發言負起責任。您的一句話可能會改變國家的命運。」

「知道了，我知道了，妳別生氣。還有，櫻，在這裡要稱呼我為國王。」

「非常抱歉。」

這次換櫻道歉了。

「既然櫻稱呼舅父，請問兩位的關係是？」

「櫻是我妹妹的女兒。」

「這麼說來，櫻也是王室成員嗎？」

「不是的。家母與家父結婚後，就已經不再是王室成員了。」

跟普通人結婚就會脫離王室，這一點我在原本的世界也聽說過。

「所以，我只是普通的巫女。」

普通的巫女應該沒辦法作預知夢吧。

不過，我好像明白國王為何相信櫻所說的話了。真要說起來，好像是周遭的人比較反對。

「所以，國王才會相信櫻所說的話吧。」

「是啊，因為我的妹妹也擁有不可思議的力量。」

國王露出感到懷念的表情。這句話讓櫻等其他三個人陷入沉默。

這個時候，櫻開口說道：

「母親大人與父親大人在我還小的時候就去世了。」

櫻輕描淡寫地說起沉重的話題。

「所以，現在由我代為擔任父親的角色。不過礙於身分，我要她在公開場合稱呼我為國王。」

就是因為如此，剛才才會提到怎麼稱呼國王陛下的話題吧。

才十歲就沒了父母，我覺得櫻很可憐。可是，我認識許多父母雙亡，或是遭到遺棄的孩子。我想起孤兒院的孩子們。他們的年紀雖然比櫻還要小，卻沒有垂頭喪氣，反而活得很開朗。雖然孩子沒有父母也會長大，但還是需要大人的幫助。所以，院長與莉滋小姐才會陪著他們。

而且櫻的身邊還有國王與忍在，她也培養出了正直的性格，所以應該不需要擔心。

希望她以後不會變成像我這麼彆扭的性格。

「這麼說來，妳跟我一樣呢。我也沒辦法再見到父母了。」

「優奈大人也一樣嗎？」

我沒有說謊。

我沒有方法能返回原本的世界，所以能見到父母的可能性很低。而且如果真要問我想不想回去，我也會猶豫。

如果能來去自如，回去也沒關係。如果再也無法回到這個世界，我應該會選擇這個世界。因為我在這個世界已經有了許多重視的人。

「嗯，可是我有熊緩和熊急，所以不要緊。」

我看著自己的家人——熊緩與熊急。

熊緩與熊急高興地同時叫了一聲。

「我也有舅父大人他們在，所以不要緊。」

櫻笑著回答。

她的表情不帶一絲寂寞。

「對了，妳叫做優奈吧。妳這件事了解到什麼程度？」

我說自己從櫻的口中聽說大蛇與封印即將解除的事，以及他們打算先削弱大蛇的力量再重新封印的事，也說自己已經答應與大蛇戰鬥。

「妳或許會有生命危險，真的好嗎？」

「這個嘛，聽說忍和十兵衛先生為了國家而賭上性命戰鬥，而且連年幼的櫻都這麼痛苦，我就不忍心拒絕了。」

其實我很想拒絕麻煩事，但我還沒有玩遍和之國。而且如果和之國滅亡了，味噌或醬油等食材或許會失傳。我想避免和之國滅亡。

「這樣啊，非常感謝妳。」

而且，我不能對如此年幼的女孩見死不救。

「得先把話說在前頭，我不保證能打倒大蛇喔。」

道。

即使答應，我也不能輕易打包票。

我不曾跟大蛇戰鬥過，甚至沒見過大蛇。熊熊魔法能發揮多少效果，必須實際戰鬥過才知道。

「櫻說是希望之光的妳願意出手相助，我們就已經很感激了。」

「有優奈大人在，未來一定會改變的。」

櫻用充滿信心的眼神看著我。

「我會盡己所能的。」

雖然不知道能符合櫻的期待到什麼程度，但既然決定接下任務，我就會盡力完成。

「那麼，如果這次的事情能夠順利成功，我想好好答謝妳。只要在我的能力範圍以內，我會實現妳的願望。妳有什麼想要的東西嗎？金錢？還是地位？」

兩者我都不需要。

真要回答的話，我想要能設置熊熊傳送門的地點。不設置熊熊傳送門就無法返回克里莫尼亞，也沒辦法再造訪這裡。如果可以，我想要出入時不顯眼的地點。可是，房子我能自己買，所以還是選其他無法輕易取得的東西比較好。

所以，我這麼回答：

「我不想要金錢或地位。關於謝禮，就等順利封印大蛇之後，再從我的貢獻程度來判斷就好了。到時候我再重新提出要求。」

換句話說，我要等結束後再要求。

「我知道了。到時候，我會盡量實現妳的期望。」

國王這麼答應我。

如果能成功封印大蛇，要求一棟有溫泉的房子好像也不錯？這樣就能順便設置熊熊傳送門了，真是一石二鳥。

這點要求應該還算在合理範圍以內吧？

「那麼我該走了。櫻，優奈的事情就交給妳處理。」

國王把我交給櫻，說著「這次的計畫還有些事情要處理」，隨即走出了房間。十兵衛先生也低頭行禮，然後跟國王一起走出房間。

房間裡只剩下櫻、忍、我和熊緩與熊急。

然後，我向負責接待我的櫻問起今後的事。

「所以，我只要等到封印解除就可以了嗎？」

可是，等待不知何時會解除的封印，實在令人有點困擾。暫時在某處設置熊熊傳送門，等到封印解除再過來，也是一個方法。

「關於這件事，我想請您去見篝大人一面，請問可以嗎？」

「篝大人？」

又有新的人名出現了。

「篝大人是長年在封印大蛇的黎嚙思島管理結界的人。關於結界與被封印的魔物，她是最清楚的。」

既然是長年負責管理，對方想必是個年紀很大的女性。她搞不好把大半人生都奉獻給大蛇的封印了。我在漫畫或小說中看過類似的情節。

為了守護代代相傳的封印，或許有許多人犧牲了自己的人生。這麼一想就讓我覺得有點可憐。

雖然不知道能不能辦到，但我想讓她從這份責任中解脫。

「嗯，我知道了。我會去見那位篝大人。」

最重要的是，我想要多蒐集一點能打倒大蛇的情報。

「謝謝您。那麼，明天我就帶您前往篝大人所在的地方。」

「既然這樣，我去安排船。」

「忍，請等一下。」

櫻叫住正要走出房間的忍，先看著我，然後再將目光轉向熊緩與熊急。

「不好意思，優奈大人，我能請教一個問題嗎？」

「什麼問題？」

「我聽說優奈大人是乘著熊緩大人與熊急大人渡海來到這個國家的，請問這是真的嗎？」

畢竟已經被忍看見並報告上去，再隱瞞也沒有意義，所以我點點頭。

「是真的。」

「那個，如果可以……」

櫻的聲音小得就像快要消失了。

「妳該不會是想騎騎看吧？」

我能從櫻的臉上看出那種表情。

她好像很想騎，卻又不敢要求。

「呃，那個，我……是的。」

櫻低著頭，客氣地微微點頭。

「聽說牠們能在海上奔跑的時候，我覺得就像作夢般神奇。那個，如果不麻煩的話……」

櫻瞄了熊緩與熊急一眼。

看來她很想騎著熊緩與熊急前往黎聶思島。

也好，反正她都知道了，事到如今也沒必要隱瞞。而且如果要搭船過去，船員就會看到我的打扮。那樣反而更麻煩。

對我來說，騎著熊緩與熊急過去也比較輕鬆。

「可以是可以，但不能在別人面前騎喔。有熊出現就會嚇到人，而且要是被人家看見熊在海上跑而引起騷動，那就傷腦筋了。」

普通的熊可不會在海上奔跑。

「……忍。」

櫻用求助的眼神望著忍。

「我想想喔。既然這樣，我知道不會被別人看見的出海地點。」

忍稍微思考了一下，這麼回答。

「真的嗎？」

「真的。那麼，我就暫時不安排船了。大家一起騎著熊緩與熊急，去見篝大人吧。」

看來忍也想騎熊緩與熊急。

總而言之，我們決定騎著熊緩與熊急，前往黎聶思島。

485 熊熊討論今後的事

「可是，櫻也要一起來嗎？帶路的工作可以交給忍吧？前往封印著大蛇的島不是很危險嗎？」

「封印還沒有解除，所以沒關係。而且如果我不去，篝大人或許不會願意跟優奈大人談。」

櫻注視著我，用有點難以啟齒的語氣接著說道：

「那個，因為優奈大人的打扮是熊熊的樣子……」

打扮成熊的我就算自稱是「櫻所說的希望之光」，對方也的確不會相信。

即使忍說「這隻熊就是櫻大人所說的希望之光」，聽起來也輕浮得就像開玩笑一樣。

不過，倘若身為國王的外甥女且擁有巫女頭銜的櫻願意同行，對方就很有可能相信。再說，要我自稱希望之光實在太羞恥了，我辦不到。既然如此，櫻還是跟我們一起去比較好。

「而且篝大人是一位愛恨分明的人。」

我也是愛恨分明的人，那位篝大人搞不好跟我很像。

明天的行程已經確定。而我今晚要在這棟宅邸過夜。

「對了，忍，這個還給妳。」

我遞出忍交給我保管的錢袋。

剛才跟國王談到獎賞的話題時，我想起了這件事。

忍原本拜託我，如果她死了，我就要代替她打倒殺父仇人——十兵衛先生。可是，忍並沒有死。既然忍活著，我就必須把錢還給她。

「這……」

忍看著裝了錢的袋子，原本想伸出手，但又立刻抽了回去。

「我不能收。妳遵守與我的約定，跟師父戰鬥，而且還打倒了師父。所以，這些錢是屬於妳的。」

「我想確認一下，這些錢是國家的嗎？」

「不，這些是我自己存的錢。那個時候，我無論如何都得請妳跟師父戰鬥。所以，這些錢是我自己決定要交給妳的。」

這些似乎是忍自掏腰包的錢。

如果這些錢是國家提供的，我會收下來，但如果是忍自己存的錢就另當別論了。我很清楚賺錢是多麼辛苦的事。

而且，雖說是演戲，忍仍賭上性命，用盡全力與十兵衛先生戰鬥。她當時搞不好真的會死。灌注了這份意念的錢，我不能收。

「還給妳。」

我再說一次，遞出裝著錢的束口袋。

「優奈？」

「因為當初的約定是妳死了之後，我才能收下這些錢。可是，妳現在不是活得好好的嗎？」

「是沒錯，但妳打倒了扮演殺父仇人的師父。妳約好替我報仇，就算我是在演戲，妳也遵守了約定。如果收下這筆錢，我總覺得全部都會變成謊言。當時的我是抱著必死的決心跟師父戰鬥。師父和我都是用拚個你死我活的心態在戰鬥的。那份心意並不是謊言。」

我知道。由於當時我覺得忍的表情是認真的，才會接下這個任務。正因為如此，我不能收下這筆錢。這筆錢裏面包含了忍的心意。

可是，即使我想還錢，忍依舊不打算收下。不過，我也跟她一樣。

「既然這樣，我收下這些就好。」

所以我決定模仿常在漫畫或動畫裡出現的情節。

我從裝著錢的束口袋裡抽出一枚金幣。

「優奈？」

「這樣一來，我有收到錢，同時也能依約把錢還給活下來的妳了。這樣就能遵守彼此的約定了吧？」

聽到我這麼說，忍用啞口無言的表情看著我。

「優奈，妳跟師父戰鬥的時候也是，真的好有男子氣概喔。妳救了我的時候超帥的。而且，看到妳這麼做，我都要愛上妳了。」

我遠離忍。

「為什麼要遠離我！」

很抱歉，雖然我對男人沒興趣，但也沒有那方面的癖好。

「呵呵，呵呵。」

櫻笑了出來。

「櫻大人？」

「對不起。優奈大人的打扮配上男子氣概的評價，就讓我忍不住笑了。」

就算有帥哥穿著布偶裝說些很帥的台詞，的確也只會讓人想笑。

不只是用字遣詞，當下穿的服裝也很重要呢。

櫻所說的話讓氣氛緩和下來，於是忍坦率地收下了錢。

然後，晚餐有許多豐盛的料理上桌，讓我吃得津津有味。

「妳平常都吃這麼豐盛的料理嗎？」

「不，今天有優奈大人在，所以是特別的日子。我想應該是舅父大人交代要款待優奈大人的。」

「不愧是國王陛下。這麼做肯定是為了讓優奈難以拒絕。」

比起只有酸梅和白飯的晚餐，招待豐盛的料理確實比較令人難以拒絕。

「沒有那回事，款待客人是很正常的行為。忍，請別說些奇怪的話。」

「對不起啦。」

這個嘛，從招待的料理確實能看出自己究竟是否受到歡迎。

吃完晚餐後是洗澡時間。

招待得真周到。

忍說得有道理，人家做到這個地步，我就很難拒絕了。

「這裡的浴場有溫泉，很舒服喔。」

那還真令人期待。

我抱著小熊化的熊緩與熊急，在櫻的帶領下前往浴場。

在陌生的土地脫下熊熊裝備讓我有點不安，但有小熊化的熊緩與熊急陪著我，就不用擔心遇到突發狀況了。

「我會待在外面，有什麼事就叫我一聲吧。」

忍站著守在更衣室外頭，我和櫻走進更衣室。

「呃，為什麼櫻也要一起進來？」

「請讓我替您刷背。」

「我可以自己洗，不用了。」

「那麼，請讓我替熊急大人與熊緩大人洗澡。」

也許這才是她的真心話。

「熊緩、熊急，你們覺得呢？」

「牠們說好。」

我詢問本熊。熊緩與熊急同時叫了一聲，就好像在說「好啊」。

「真的嗎！熊急大人、熊緩大人，謝謝兩位。」

櫻露出滿臉笑容。

櫻高興地脫下衣服，進入浴場後露出傷腦筋的表情。櫻盯著熊緩與熊急。

「妳怎麼了？」

「我該從哪一隻開始洗呢？我選不出來。」

「既然這樣，我幫忙洗其中一隻吧？」

「不，不行。那樣就沒辦法表達我的心意了。既然如此，我要兩隻一起洗。熊急大人、熊緩大人，不好意思，能請兩位過來我這裡嗎？」

熊緩與熊急移動到櫻的面前。

然後，櫻請熊緩與熊急坐在自己面前，開始同時替牠們洗澡。

「熊緩大人，這樣舒服嗎？」

「咿～」

「熊急大人覺得呢？」

「咿～」

櫻輪流替小熊化的熊緩與熊急洗澡。熊緩與熊急露出一臉舒服的表情。

我把熊緩與熊急交給櫻，將自己的身體洗乾淨，然後踏進浴池內。

「呼～好舒服喔。」

謝禮果然還是應該選附設溫泉的房子。

不過，前提是能順利處理被封印的魔物就是了。

「櫻，我能問一個問題嗎？」

「好的，什麼問題呢？」

正在幫熊緩與熊急洗澡的櫻看著我。

「昨天……應該說今天早上，妳有作夢嗎？」

櫻曾經多次夢見自己的死亡。可是，因為我的出現，或許會有什麼改變。

「很抱歉，自從優奈大人遇見忍之後，我一次都沒有作夢。」

「這麼說來，妳也不知道未來是否改變了吧。」

「是的。不過，一想到等著自己的或許不是絕望，而是光明的未來，我就覺得很高興了。」

也就是說，未來能由我們決定。

聽起來真像某種青春漫畫。

泡過溫泉之後，我為了跟櫻一起睡覺，移動到她的房間。

洗澡的時候，她很客氣地詢問是否能跟我一起睡覺，我便答應了。

「那麼，我會待在隔壁房間，有什麼事就叫我一聲吧。」

忍似乎要睡在隔壁的房間。

她按照國王的吩咐，負責照顧我。

「那麼，我們快睡吧。」

「好的。熊急大人，今晚拜託您了。」

「咿～」

櫻就像抱著布偶一樣，把小熊化的熊急抱在懷裡，鑽進被窩。

「熊緩跟我一起睡。」

「咿～」

我跟熊緩一起鑽進被窩。

熟睡的呼吸聲馬上從旁邊傳來。

不知道櫻是累了還是放心了，希望她今天也不會作惡夢。

我不希望這麼小的女孩子體驗好幾次死亡。

然後，或許是因為溫泉的效果，我很快就進入夢鄉了。

486 熊熊前往黎轟恩島

隔天早上，我一起床就看見櫻跪坐在棉被上，把熊急抱在腿上。

「早安。」

「妳已經醒啦。」

「是的，我作了非常好的夢，所以正在回味。」

櫻用神清氣爽的表情答道。

「夢？」

「是的，熊急大人在夢中保護了我。我一個人在黑暗中哭泣，熊急大人就從某處現身，溫柔地擁抱了我。那種安全感讓我覺得很溫暖，不安也漸漸消失。這時熊急大人叫了一聲，耀眼的光芒便驅散黑暗，保護了我。牠的模樣正氣凜然，非常帥氣。我好久沒有睡得如此安穩了。熊急大人，謝謝您。」

「咿～」

熊急用「不用客氣」的表情叫道。

這也是預知夢嗎？

「所以，大蛇的封印會成功嗎？」

我的問題讓櫻搖搖頭。

「我不知道。我想，這場夢應該不是預知夢。我覺得是因為自己感到不安才會作夢。而熊急大人幫助了我。」

有熊急和熊緩的陪伴時，我也能安心睡覺。牠們能為人帶來安寧。也許熊緩與熊急真的有這種力量。

牠們畢竟是神賜給我的熊。雖然從臉看不出來就是了。

然後，忍過來與我們一起吃早餐，接著朝黎聶思島出發。

據忍所說，我們要搭馬車到海岸，再騎著熊緩與熊急前往黎聶思島。

我看著準備好的馬車，疾風丸被繫在前面。

「請快點上車吧。」

忍坐上駕駛座，對我們說道。

看來馬車是由忍來駕駛的。

也對，如果有其他人在，熊緩與熊急就不能在海上奔跑了。

「那麼，要出發了。」

確認我們都搭上馬車後，忍駕駛馬車前進。

「櫻大人好像很中意熊急呢。」

坐在駕駛座上的忍這麼說道。

櫻萬分珍惜地將小熊化的熊急抱在腿上。她疼愛熊急的方式跟菲娜或諾雅不太一樣。

順帶一提，小熊化的熊緩正坐在我的腿上。

「跟熊急大人在一起，讓我覺得很安心。」

「我懂櫻大人的心情，因為牠抱起來既柔軟又舒服嘛。」

我也贊同忍說的話。抱著熊緩與熊急，感覺非常舒服。

「觸感當然很舒服，但抱著熊急大人就能讓不安的心穩定下來。」

熊急在櫻的夢中出手相助的事蹟似乎也有影響。

「而且在和之國，白色是象徵幸福與純潔的顏色。或許是因為如此，我才會這麼覺得吧。」

「咿～」

黑色的熊緩發出有點難過的叫聲。

「我的意思不是熊緩大人很骯髒或是會帶來不幸，請別露出這種表情嘛。」

看到坐在我腿上的熊緩露出難過的表情，櫻這麼否認，並伸出手撫摸熊緩的頭。

我確實聽說過白鳥、白蛇、白貓等生物會帶來幸福的說法。另外也有白兔象徵結緣的傳說。

這麼一想，我就能理解人們為何相信白色會帶來幸運了。

相較之下，黑色就給人邪惡、不祥、骯髒之類的感覺，負面印象比較多。

不過，我並不在乎。

「熊緩、熊急，你們兩個對我來說都是帶來幸福的熊喔。」

聽到我說的話，不只是熊急，連熊緩都高興地叫了一聲。

實際上，熊緩與熊急的存在讓我每天都過得很開心。我無法想像沒有牠們兩個的生活。

過了一陣子，馬車離開城市，來到海岸邊。

「從這裡出海就不會被看見了。可是，請注意海上的船隻。」

嗯，只要保持距離，應該就不會被發現了。

忍召回疾風丸。我將馬車收進熊熊箱。忍早就見過我收納幾十張榻榻米的樣子，事到如今也不必隱瞞了。

然後，為了渡海，我將小熊化的熊緩與熊急變回平常的大小。

「那麼，我要請櫻和忍騎熊急，熊急可以嗎？」

「咿～」

我這麼確認，熊急便在櫻的面前坐下。

「熊急大人，請您多多關照。」

櫻戰戰兢兢地騎上熊急。她稍微失去平衡，但熊急替她穩住了。

「熊急大人，謝謝您。」

「咿～」

「我還是第一次騎熊熊呢。」

的確，一般人很少有機會騎在熊的背上。而且熊原本就不是會載人的動物。

「那麼，我也要麻煩你了。」

忍騎上熊急，從後方環抱著櫻，我則騎上熊緩。

「牠們真的能在海面上跑吧？不是游泳吧？」

「忍不是有看過嗎？」

「我是有看過，但我到現在依舊不敢相信熊竟然能在海面上跑。」

「既然這樣，妳要一個人搭船去嗎？」

「優奈欺負我啦。」

「我才沒有欺負妳，只是覺得如果妳不放心，搭船過去就好了。」

沒必要勉強自己騎熊過去。

「抱歉，我相信牠們。」

忍抓緊熊急，表示自己不打算下去。

「那麼，牠們會在海上奔跑，妳們不要驚嚇或是亂動喔。」

如果因此落海，那就不是我的責任了。

「好、好的。」

「了解。」

「熊緩、熊急，走吧。」

「「咿～」」

載著我的熊緩及載著櫻與忍的熊急跳向大海，在海面上奔跑。

「牠們真的在海面上奔跑耶。」

「好厲害。」

「就像作夢一樣。」

櫻帶著滿臉的笑容，騎在熊急背上。她的笑容就像在遊樂園開心玩樂的孩子。櫻跟其他孩子不同，舉止很成熟，口氣也很有禮貌。希望忍能多少學學她。

「怎麼了？」

忍好像發現我正在看著她了。

「沒什麼啦。那麼，我要加速了，妳們抓緊喔。」

因為熊緩與熊急的效果，她們應該不會掉下去，但我還是這麼提醒。如果她們有主動跳下去的意圖，就會落海。

熊緩與熊急朝黎聶思島加速。

黎聶思島位在肉眼可見的位置。雖說看得見，但距離依舊相當遠。

隨著距離愈來愈近，我漸漸能看清整座島的大小。大約跟塔古伊一樣大吧？

儘管不太清楚，然而看起來差不多是那種大小。

然後，我朝島的上方望去，發現有黑色的鳥正在飛。感覺有點不吉利。

我們沒花多少時間就抵達黎聶思島的碼頭了。

「我們真的騎著熊熊渡海了呢。」

「竟然能在海上奔跑，熊急和熊緩真的好厲害喔。」

「熊急大人，謝謝您。」

「這是一次寶貴的經驗，謝謝你。」

受到兩人道謝，熊急露出開心的神情。

「也謝謝熊緩。」

「咿～」

抵達黎聶思島的我們繼續騎著熊緩與熊急，進入森林裡。

島上被森林覆蓋，森林中有一條經過整地的道路。名叫篝的人似乎就在深處。

「那位篝大人獨自住在這裡嗎？」

「是的。偶爾也會有負責照顧她的人造訪這座島，但她基本上都是一個人生活。」

「一個人住在這種地方，不是很可憐嗎？」

就算是曾經當過家裡蹲的我，也不想一個人生活在類似無人島的地方。況且，這裡連網路和電視都沒有。

嗯，我辦不到。

「因為她原本就喜歡獨處。而且，聽說她偶爾會去街上逛逛，轉換心情。雖然她沒有辦法長時間離開這裡，但並不像優奈大人所想的那樣，請放心。」

那就好。如果是把人關在這裡，強迫她犧牲，實在太可憐了。

載著我們的熊緩與熊急在鋪設過的道路上前進。道路筆直延伸到島嶼的中心。

「我想應該就快看見了。」

正如櫻所說，我們漸漸看見一棟神社般的氣派建築物。

我們從熊緩與熊急背上爬下來，走進神社般的建築物。

「篝大人，您在嗎？」

櫻對建築物內喊道。

「是誰？」

「我是櫻。」

「妳又來啦。妾身不是叫妳逃往他國嗎？」

從深處走出來的人是一名二十歲出頭的美麗女性。她晃著金黃色的漂亮長髮，走到我們面前。她穿著色彩鮮豔的和服，與金色的頭髮十分相襯。

不過，她將和服穿得很寬鬆，豐滿的胸部就快要曝光了。

「啊，您又穿成這個樣子，請把衣服穿好。」

就算是同為女性的我，也不知道該把眼睛放在哪裡。

不過，她這副模樣相當妖豔。

最引人注目的是胸前的隆起。好大，跟未來的我差不多大。

「真囉嗦。反正也沒有別人會看見，這麼穿又何妨？」

「我們會看見。」

「彼此同為女性，沒有問題吧。」

「不可以，請您穿好衣服。我帶了客人來見您呢。忍，請幫我一下。」

「了解。」

櫻與忍靠近名叫篝的女性，用熟練的手法整理她的服裝。

這位一頭金髮的慵懶美女就是管理結界的篝大人嗎？

487 熊熊與篝大人對話

多虧櫻與忍的幫忙，名叫篝大人的女性已經將衣服穿著整齊。可是，她用盤腿的姿勢坐下，可惜了這副美貌。她平常似乎都這樣，所以櫻小聲嘆了一口氣。

「櫻，妾身已經叫妳逃離這個國家了吧。」

她再次重複剛才對櫻說過的話。

「我不能丟下篝大人逃走。」

「別管妾身了。」

她露出放棄似的表情。

「篝大人……」

「而且，妾身已與妳的母親約好，必須保護妳。」

「與母親大人的約定……是嗎？」

「沒錯，她死前曾經拜託妾身。所以，妾身必須保護妳。即使要犧牲自己。」

「篝大人，就算如此，我也……」

「萬一大蛇復活，妾身也不知道會發生什麼事。唯一能確定的是，將有許多人因此死去。妾

身不希望妳是其中之一。」

女性溫柔地對櫻說道。那是打從心底替她擔心的表情。

「對了，那個穿著奇特的女孩是誰？竟然還帶著熊來。」

女性轉頭看著待在櫻身後的我。

「她是我先前提到的，我在夢中見到的希望之光——優奈大人。另外，白色的熊是熊急大人，黑色的熊是熊緩大人。」

櫻介紹了我們。

被人家正式稱為希望之光，真令人害臊。就算想反駁，我在櫻的夢中好像也真的會發光，所以很難否認。

「優奈大人，這位是在這座島管理結界的篝大人。」

經過櫻的介紹，我們正視彼此。

「櫻，妾身知道妳能透過夢境得知未來將發生的事。不過，在妳的眼裡，這名打扮成奇怪熊模樣的女孩真的像希望之光嗎？」

篝小姐一臉懷疑地看著我。

的確，普通人並不會那麼想。

可是，櫻看著我，然後毫不猶豫地回答：「是，我是這麼認為的。」

「妳夢見未來的能力是不是失效了？」

「我認為優奈大人能夠幫助篝大人。」

聽完櫻所說的話，篝小姐用筆直的眼神望著我。

「妳叫做優奈吧。妳已經了解到什麼程度了？」

「被封印在這座島的大蛇快要破解封印了，所以你們希望我能幫忙。」

我接著簡單說明自己從櫻的口中聽說的事。

「都已經得知了這麼多，妳為何還想與大蛇戰鬥？因為櫻說妳是『希望之光』，妳就得意忘形地以為自己能打倒牠嗎？如果妳真的這麼想，妳就只是個大笨蛋，或是不怕死的大笨蛋。」

兩者都是大笨蛋啊。

「我不知道自己能不能打倒沒見過的大蛇。如果打不贏，我打算逃走。只不過，我想回應櫻的期待。」

「優奈大人……」

聽到我的發言，櫻露出高興的表情。

沒有實際戰鬥過就不會知道。可是，如果問我是否願意賭上性命，答案是ＮＯ。不過，我還有神賜給我的熊熊裝備，而且我不想對努力反抗命運的櫻見死不救。

然而，無論是櫻說的話，還是我說的話，篝小姐都聽不進去。

「前幾天也有其他人帶著願意與大蛇戰鬥的人來拜訪，但沒有一個人的實力足以與大蛇一戰，所以妾身將她們趕走了。讓她們去戰鬥也只是白白犧牲罷了。妳也不該年紀輕輕就喪命。妾

身不會害妳，妳還是盡早離開這個國家吧。」

她翻轉手腕，做出催促我離開的動作。

「篝大人！優奈大人真的是希望之光，而且也有實力。」

「櫻說得再怎麼有道理，妾身也累了。根本沒有希望。知道那隻大蛇有多強的人只剩下妾身了。只有跟牠戰鬥過的人才能明白牠有多強。」

「話是這麼說沒錯……」

她剛才說自己跟大蛇戰鬥過嗎？

「跟大蛇戰鬥已經是超過一百年以前的事了吧？妳叫做篝小姐吧，妳的年紀看起來沒有那麼大啊。」

她不管怎麼看都是個二十幾歲的女性。就算跟某位艾蕾羅拉小姐一樣保養得宜，頂多也只有三十幾歲。但她竟然說自己跟超過一百年前的大蛇戰鬥過，這是怎麼回事？

我觀察她的耳朵，但並不像精靈一樣長。

「櫻，妳沒有提過妾身的事嗎？」

「是的，因為我擔心優奈大人會認為我在說謊而拒絕接受委託。」

櫻一臉抱歉地看著我。

「而且篝大人的事情只有少部分的人知道，我不能輕易說出去。」

「妾身知道櫻不會隨便多嘴。櫻，從妳的角度來看，這個小丫頭值得信任嗎？」

櫻定睛看著我。

「值得信任。」

「這樣啊，那好吧。」

篝小姐這麼說完，頭髮便動了起來，一對褐色的長耳朵從她的頭上出現。和服裡面甚至開始蠕動，露出類似褐色毛皮的東西。

動物的耳朵與尾巴？

「妾身是活了幾百年的狐狸。所以，妾身曾在數百年前與大蛇戰鬥過，知道牠有多麼可怕。」

「狐狸……」

所以說，她是妖狐嗎？

「沒錯，妾身是狐狸怪物。妳不害怕嗎？」

從和服下方露出的尾巴正在搖晃。

「我不特別害怕。」

這個世界有魔物，就算有能夠幻化為人的狐狸，我也不驚訝。

「怎麼？真沒意思。妾身還以為妳會罵妾身是騙子呢。不過，這樣妳就明白了吧，妾身已經活了幾百年。」

畢竟，這個世界都有精靈存在了，就算有活了數百年的妖狐也不奇怪。

「既然如此，妳也明白曾與那頭魔物戰鬥過的妾身所說的話有多少分量了吧。那頭魔物並非不死之身。上次眾人好不容易才將牠削弱，並成功封印。即使如此，遭受的損害依然很嚴重。最大的不同是，當時與妾身並肩作戰的同伴已經一個也不剩了。」

篝小姐露出遙望遠方的眼神。

「沒有那回事，只要優奈大人和篝大人同心協力……」

「妳太高估妾身了。如今的妾身光是抑制結界便費盡心力，早已無力戰鬥。」

「結界還能再撐多久？」

「已經是時間的問題了。」

「篝大人，既然如此，只要借助優奈大人的力量……」

篝小姐定睛注視著櫻。

「妳真的相信這個打扮怪異的女孩啊……好吧。」

「篝大人！」

終於成功說服篝小姐點頭的櫻露出高興的表情。

「既然妳真的是希望之光，能否讓妾身也看見希望呢？」

「要怎麼做才能讓妳看見希望？跟妳戰鬥，證明我的實力就可以了嗎？」

「不，希望妳能將妾身現在最想見的人帶來。如果妳真的辦得到，妾身就承認妳是希望之光。」

她突然提出了強人所難的要求。

我根本不認識和之國的人。

「那個人是誰？」

我姑且問道。

「那個人是大蛇肆虐當時，與妾身並肩作戰的其中一名同伴。」

「篝大人，這個要求恐怕……」

「呵呵，妾身明白。那是絕對不可能的。所以，妾身也知道那種奇蹟不會發生，這是個無理的要求。但對妾身而言，那就是希望。」

「我再怎麼厲害也沒辦法帶死人過來啊。」

我根本不可能把幾百年前的人帶來這裡。

「除非那個人遭到殺害，否則現在應該還活在某個地方。」

「還活著？對方該不會跟妳一樣是狐狸吧？」

篝小姐搖搖頭。

「那個人是精靈。」

精靈……

「那個男人此刻不知身在何處。設下封印大蛇之結界的人也是他。所以，若那個男人能夠來到這裡，或許會有轉機。假設妳是櫻所說的希望之光，就讓妾身也看見希望吧。讓妾身再見穆穆

祿德一面！若是辦不到，就請妳回去。」

我和熊緩與熊急對篝小姐提及的名字有反應。

「……！」

「……篝大人，這個要求再怎麼說也……」

「妾身明白，妾身明白自己這番話只是痴人說夢。這是個無理的要求，妾身不知道他身在何處，他甚至有可能已經遭逢意外而死。不過，妾身曾想過好幾次，如果穆穆祿德還在就好了。如果有那個男人在，也許就能突破難關了。然而，那個男人卻不在。妳是不可能帶他來的。」

篝小姐的聲音逐漸變小，表情也像是快要哭出來似的。

可是她說的穆穆祿德先生，就是那個穆穆祿德先生嗎？

「那位名叫穆穆祿德先生的精靈有來過這個國家嗎？」

「是啊，他在妾身年輕的時候來過。」

單論外表的話，她現在也很年輕。

「因為大蛇的出現，眾人遭遇困難的時候，那群冒險者來到了這裡。當時，穆穆祿德使出精靈的祕術，在這座島上設下封印的結界，成功封印了衰弱的大蛇。妾身為了守護結界而留在此地。」

那個人是我認識的穆穆祿德先生嗎？

「所以，如果妳真的是希望之光，就將穆穆祿德帶來吧。讓妾身也看見希望。」

她用悲痛的聲音說道。

「篝大人……」

「…………」

櫻與忍都不知該說些什麼，於是陷入沉默。

因為她們兩個人都覺得篝小姐的願望是不可能實現的。

可是，我認識一個同性別、同名、同種族的穆穆祿德先生。

而且，我也能帶他過來。

「只要把那位穆穆祿德先生帶來，就能打倒大蛇了嗎？」

「那可不一定。不過，成功打倒的可能性會提高。而且，如果妳能帶穆穆祿德過來，妾身就全盤相信妳是希望之光。呵呵，即使世界顛倒，那種奇蹟般的事也不可能發生就是了。」

好了，接下來該怎麼辦呢？

首先，如果篝小姐所說的穆穆祿德先生就是我認識的穆穆祿德先生，帶他過來就行了。可是，那樣一來我就得說出熊熊傳送門的事。萬一認錯人的話該怎麼辦？不過，穆穆祿德先生對結界與魔法陣很熟悉，幾乎不可能認錯。

「所以，妳就死心，快回去吧。」

「篝小姐打算怎麼辦？」

「身為結界的管理者，妾身註定要對付大蛇直到最後一刻。」

這麼說來，她打算赴死嗎？

「篝大人，請您相信優奈大人吧。」

櫻低頭懇求。

「妳快點離開這個國家吧，打扮成熊的小姑娘。既然妳是櫻的希望之光，能不能帶著櫻逃走呢？算妾身求妳了。」

篝小姐對我深深低下頭。

她看起來不像是真的不信任我，只是衷心擔憂櫻的安危。

「篝大人……」

櫻也不知道該對篝小姐說些什麼。

「……我知道了，只要帶那位穆穆祿德先生過來就行了吧。」

我不能就這樣對她見死不救。如果真的拋下她，我會良心不安。而且，我想避免和之國毀滅。

「……妳在說什麼？那可是不知身在何處的男人啊。妳說妳能帶他來？」

篝小姐彷彿察覺到什麼，站了起來。

「難不成，妳認識他嗎！」

篝小姐緩緩靠近我，抓住我的肩膀。

「我認識一個名字叫做穆穆祿德的精靈。」

「優奈大人，您真的認識那個人嗎？」

「因為性別、名字、種族都相符，我想應該沒錯。不過還是要經過確認才能知道他是不是篝小姐所說的那個人。」

「那個名叫穆穆祿德的精靈在什麼地方！他在附近嗎！妳真的能帶他過來嗎！」

篝小姐用更強的力道搖晃我的肩膀。

「可是我得請在場的所有人替我保密。」

「替優奈大人保密嗎？」

「就算是對國王或師父都不能說喔。」

我看著在場的三個人。

我不希望她們把熊熊傳送門的事情說出去。

「我會聽優奈大人的話，不會對任何人說的。」

「妾身當然也不會說出去。只要能見到穆穆祿德，妾身願意遵守任何約定。」

所有人都看著忍。

「我當然也不會跟任何人說的。」

「寫信告訴別人也不行喔。」

「我、我當然不會。」

妳的眼神在飄喔。

忍或許需要契約魔法吧？

畢竟她是忍者。

488 熊熊立下約定

「那麼，我去確認，妳們等我一下。」

我為了使用熊熊電話，正打算走出房間。

「妳要去哪裡？」

「我想跟穆穆祿德先生確認一下。」

「妳打算怎麼確認？難道妳現在要前往穆穆祿德所在的地方？」

嗯～我要用熊熊電話確認，但普通人確實會對確認方法感到好奇。

「不是啦，因為聯絡方式也是祕密。」

「怎麼，妳不信任妾身等人嗎？妾身等人會替妳保密。」

「是的，我保證。」

「就是嘛。」

我總覺得只有忍的語氣聽起來特別輕浮，是我的錯覺嗎？

可是，如果事後又被追問一些有的沒的，反而很麻煩，所以我也把契約魔法的事情列入考慮。

「我要再次強調，不可以告訴任何人喔。」

我拿出熊熊電話，打給露依敏。過了一陣子，露依敏的聲音從熊熊電話裡傳來。

『優奈小姐？』

「妳現在方便講話嗎？」

『嗯，沒問題。有什麼事嗎？』

露依敏透過熊熊電話，用和善又悠閒的聲音問道。

「我想跟穆穆祿德先生見個面，現在過去方便嗎？」

『爺爺嗎？請等一下，我問問他。爺爺，優奈小姐說想跟你見個面。』

穆穆祿德先生回答「可以」的聲音從熊熊電話裡傳出。

『爺爺說可以。』

「穆穆祿德先生在妳旁邊嗎？」

『我正在跟爺爺一起釣魚。優奈小姐要不要也來吃魚?我釣到了大魚喔。』

我們這邊的人正在煩惱大蛇的事，熊熊電話另一頭的露依敏卻發出開朗的聲音。露依敏總是很樂天。

「那也不錯呢。既然這樣，我等一下就過去，可以幫我轉告穆穆祿德先生嗎？」

『好的，我知道了。那麼，我們等一下就回去。』

「謝謝妳。可以的話，能不能請他到神聖樹那裡？」

『神聖樹嗎？』

「另外，不好意思，以前妳跟穆穆祿德先生不是有用過契約魔法嗎？能不能請穆穆祿德先生替我準備那個？」

『契約魔法嗎？』

「嗯，說出我的祕密就會『死』的那種。」

我強調「死」這個字，瞄了忍一眼。

『啊，妳是指說出關於妳的事情就會痛苦得快要死掉的契約吧。妳要跟誰締結契約嗎？』

「嗯，因為我得說出自己的祕密，這裡卻有一個可能說出去的人。」

我再次瞄了忍一眼。

「所以，能請他準備說了就會『死』的契約魔法嗎？」

『我知道了。我會告訴爺爺，請他馬上準備。』

我明明說了好幾次「死」，露依敏透過熊熊電話發出的聲音依舊很開朗。

「抱歉，打擾你們釣魚了。」

『我們隨時都可以釣魚，沒關係的。比起這個，我比較高興能見到優奈小姐。』

「謝謝妳。那麼，拜託妳了。」

我掛斷熊熊電話。

接下來再帶穆穆祿德先生過來就沒問題了。

「雖然妳看著我說些恐怖字眼的事讓我很在意，不過從那個奇怪道具傳出來的聲音是誰的？」

「聽起來是很可愛的女生。」

「她剛才說的爺爺該不會是……」

「剛才說話的人是穆穆祿德先生的孫女。」

「那傢伙已經結婚，還有孫女了嗎！」

「光是我知道的孫子就有三個人。雖然我完全不知道他究竟有幾個孩子。」

如果他還有其他孩子，孫子的數量就更多。我只認識露依敏和莎妮亞小姐一家人而已。

「比起這個，大家應該還有什麼想說的話吧？那個長得像熊的東西是什麼？」

大家的視線集中到我手上的熊熊電話。

「好可愛的熊熊。」

「狐狸比較可愛吧。」

「「咿～」」

篝小姐說的話讓熊緩與熊急發出反駁似的聲音。

「我喜歡熊喔。」

聽到我這麼說，熊緩與熊急都很高興。

「所以，那個到底是什麼？」

忍回到原本的話題，看著熊熊電話。

「這是能跟遠方的人對話的魔導具。」

「妳還有這種魔導具啊。有了這個，不管身在哪裡都能馬上報告現況了嗎？我也想要。」

忍朝熊熊電話伸出手，所以我把熊熊電話藏到熊熊箱裡面了。

「啊～」

「很遺憾，這個東西只能對我用。」

「是嗎？嗚嗚，如果有這麼方便的魔導具，工作起來就更輕鬆了。」

忍露出難過的表情。但就算我送給她，她也只能跟我對話。

不過，她說的工作，果然是忍者的工作嗎？

「不過，優奈大人，您剛才說要去見對方，請問您要怎麼見到穆穆祿德大人呢？難道說，他就在距離這裡不遠的地方嗎？」

「什麼！穆穆祿德那傢伙就在附近嗎？」

櫻說的話讓篝小姐挺直身體。

「不，他應該在很遠的地方。」

我不知道塔古伊的移動路線是如何，但應該不在精靈村落附近。

「既然如此，妳究竟打算怎麼見到他？」

我要使用熊熊傳送門。不過在那之前，我有事情要確認。

「我也想確認一下，我把穆穆祿德先生帶來這座島上也沒關係嗎？我聽說男性無法進入。」

這座島有禁止男性進入的結界。如果我帶穆穆祿德先生過來，他卻無法進入，那就沒有意義了。

「如果妳所說的穆穆祿德與妾身所說的穆穆祿德是同一個人，那就沒有問題。正如妾身剛才所言，設下結界封印大蛇的人正是穆穆祿德。結界中蘊含了穆穆祿德的魔力。妾身在其魔法陣上重疊了排除男性的魔法陣。如果妳所說的穆穆祿德就是設下結界封印大蛇的穆穆祿德本人，那就沒有問題。而且為了讓穆穆祿德能隨時造訪這座島，妾身已經等待了超過百年。」

既然願意等待超過百年，該不會是對他抱有戀愛情愫吧？

篝小姐的身材比例跟未來的我一樣好，就算跟穆穆祿德先生之間有什麼插曲也不奇怪。

可是，穆穆祿德先生已經有老婆、小孩，甚至是孫子了。但既然是結婚前的事，應該沒關係吧？

「既然如此，我帶穆穆祿德先生過來也沒問題吧。」

「嗯，沒有問題。包含穆穆祿德在內，曾參與結界設立的人都能進入。只不過，現在仍活著的人恐怕只有穆穆祿德了。」

人類無法像精靈那麼長壽。所以，能進入結界的男性只有穆穆祿德先生。

「那麼優奈大人，您要怎麼將穆穆祿德大人帶來這裡呢？」

「這原本是祕密，但這次的事情關係到許多人的性命，而且有穆穆祿德先生在的話，或許就能突破困境了吧？所以，我要說出我的祕密，但就像我剛才說過的，請妳們不要告訴任何人。其實我很想使用契約魔法。」

姑且無論櫻，忍的口風感覺就很鬆。應該說，如果是國王陛下的命令，她有可能會說出去。

「您是說剛才提到的，說出優奈大人的祕密就會死的魔法嗎？」

「嗯，沒錯。」

「我剛才也說過了，我不會跟任何人說。所以，如果可以讓優奈大人放心，我願意接受契約魔法。」

「妾身也一樣。如果妳能將穆穆祿德帶過來，妾身願意締結任何契約。」

櫻與篝小姐都毫不猶豫地答應了我說會「死」的契約魔法。

「真的可以嗎？雖然是我提出的，但妳們搞不好會死喔。」

「沒關係。我原本就不打算說出去，所以不會死。」

「妾身可不是那種大嘴巴的女人。」

兩人抱著絕對不說的心態，所以不害怕契約。

然後，我們的視線集中到剩下的忍身上。

「根本不需要考慮。優奈救了我一命，也是願意拯救這個國家的人。既然妳希望我保密，無論是誰發問，我都不會說的。」

「真的可以吧？」

「我的這條命是屬於妳的。」

忍用右手按著心臟。

「我不要妳的命，只是希望妳保密而已。」

與大家約好的我拿出熊熊傳送門。

「有門跑出來了。」

「是熊呢。」

「真的是熊。」

三人看著熊熊傳送門，說出各自的感想。

「打開這扇門，就能前往穆穆祿德先生居住的村落了。」

「這麼說來，穆穆祿德就在這扇門後……」

篝小姐作勢開門。

「這扇門只有我能打開。剛才那個能跟遠方的人對話的魔導具也是，只有我能使用。」

我們正在對話的時候，我收進熊熊箱的熊熊電話開始發出「咿～咿～咿～」的聲音。

我取出熊熊電話。

『優奈小姐，我們到神聖樹附近了。』

「那麼，我馬上過去。」

『好，我們等妳。』

我再度掛斷電話。

「好了，我去去就回。熊緩和熊急要看著忍，別讓她做出可疑的行為喔。」

「「咿～」」

「為什麼只針對我？」

「……開玩笑的啦。」

「好過分。我都賭上性命證明我相信妳了，妳還開這種玩笑。」

忍擺出傷心的表情。玩笑好像有點開過頭了。

總而言之，我把另外三個人交給熊緩與熊急，使用熊熊傳送門前往位在神聖樹結界中的熊熊屋。

門的另一頭是神聖樹旁的熊熊屋內。因為門的另一頭有別的房間，看到門中景象的三人都露出驚訝的表情。

「穆穆祿德就在那裡……」

篝小姐想走進去，但我阻止了她。

「那裡位於精靈的結界內，或許有危險，請別進去。」

篝小姐忍住了想走進熊熊傳送門的衝動。

「那麼，我去帶穆穆祿德先生過來。」

我走進熊熊傳送門，移動到神聖樹結界內的熊熊屋。

然後，我關閉熊熊傳送門，穿越包圍神聖樹的岩山，見到神聖樹外的露依敏與穆穆祿德先生。

489 熊熊向穆穆祿德先生說明

「優奈小姐！」

一看到我，露依敏就高興地跑了過來。如果她跟篝小姐一樣有尾巴，或許會像狗一樣搖個不停吧。

「優奈小姐，妳今天有空留下來吃飯嗎？我釣到了大魚喔。」

釣到大魚似乎讓她很開心，她的臉上掛著滿滿的笑容。

「嗯～今天可能沒辦法，抱歉。」

因為櫻等人已經知道熊熊傳送門的事，我也可以挑用餐時間過來吃飯。不過考慮到和之國的狀況，我得自制一點。

「這樣啊，真可惜。」

露依敏的表情稍微沉了下來。如果她有獸耳，或許會下垂吧。

因為看過篝小姐的耳朵與尾巴，我忍不住思考這種事。

「如果妳聯絡我，我會再來吃飯的。下次有釣到魚再告訴我吧。」

「真的嗎？說定嘍。」

489 熊熊向穆穆祿德先生說明

耳朵和尾巴翹起來了（我的想像）。

我跟露依敏約好，然後向穆穆祿德先生打招呼。

「穆穆祿德先生，謝謝你願意來一趟。」

「不會，我們曾受妳照顧，妳不必放在心上。說到契約魔法，妳有必須說出祕密的對象嗎？」

「對，另外還有人想見穆穆祿德先生你。」

「見我嗎？」

「穆穆祿德先生，你以前去過和之國，幫忙封印稱為大蛇的魔物嗎？而且你是不是認識一個名叫篝的狐狸女性？」

「和之國……大蛇……封印……篝……狐狸……」

聽完我說的話，穆穆祿德先生陷入沉思。那已經是超過百年以前的事了，他似乎無法輕易回想起來。可是，他的記憶好像漸漸恢復了，表情開始出現變化。

「大蛇啊，真令人懷念。確實發生過那種事。」

穆穆祿德先生用懷念的語氣說道。

他果然就是本人。

「可是，妳怎麼會知道這件事呢？」

「呃，我剛才待在和之國，因為大蛇快要復活了，我要幫忙打倒或是重新封印牠。我聽篝小姐說，當時有一位名叫穆穆祿德先生的精靈冒險者幫忙封印了大蛇。我覺得那個人可能就是你，所以就聯絡了露依敏。」

我簡單傳達和之國的現狀。

「這樣啊。」

「爺爺，原來你以前還做過那種事喔？」

「那是年輕時的事了。話說回來，原來大蛇的封印快要解除了啊。篝一直都守護著封印，直到今天吧。」

「所以我想請穆穆祿德先生來和之國一趟。」

「和之國很遠嗎？」

露依敏問道。

究竟遠不遠呢？我也不知道距離有多少。我正不知該如何回應的時候，穆穆祿德先生替我們解答了。

「很遠。當時的我也只是在旅途中偶然經過而已。不過，為何小姑娘會與這次的事情有關？」

「我也是碰巧路過和之國而已。可是，後來發生了很多事，我聽說大蛇的情況，又去見了篝小姐，所以才得知穆穆祿德先生的事蹟。」

現在回想起來，或許是因為我能帶穆穆祿德先生過來，櫻才會將我視為希望之光。

能將穆穆祿德先生帶過去的人只有我而已。

「那麼遠的地方應該是無法輕易路過的吧。」

我使用了塔古伊加上熊熊傳送門的合體技。

我隱瞞塔古伊的事，說自己在移動島嶼上設置了熊熊傳送門，並且碰巧經過和之國附近。

「大海是非常大的湖吧。」

「比那更大喔。」

「我真想看看大海。」

露依敏知道熊熊傳送門的事，所以我能帶她一起過去。下次帶菲娜和她一起去也不錯。

「那麼，穆穆祿德先生，你願意來和之國嗎？」

「嗯，當然願意。既然篝需要幫助，我就沒有理由拒絕。」

「謝謝你。」

「沒有必要道謝。這也是我掛心的其中一件事。趁還活著的時候解決，我的餘生才能過得沒有遺憾。」

他說要度過沒有遺憾的餘生，但他直到剛才都忘了這件事耶。而且他的餘生還有幾年？就算我死了，穆穆祿德先生還是會繼續活著吧？

我有很多想吐槽的地方，但忍了下來。

「我要去見篝一面。」

穆穆祿德先生決定前來和之國。這時候，露依敏開口了。

「優奈小姐，我也可以一起去嗎？」

「接下來可能會發生戰鬥，所以露依敏還是留下來比較好。」

而且露依敏去了也幫不上忙。

「我可能什麼都做不到，但還是能幫優奈小姐和爺爺的忙。」

「露依敏……」

「而且，我對那位篝小姐很好奇。她是爺爺以前的女朋友嗎？」

該不會這才是她真正的目的吧？

「露依敏，妳在說什麼傻話？」

「媽媽說過，男人只會為心愛的女人賭命。」

「她、她不是我的舊情人。只是因為她遇到困難，我才會幫助她而已。」

「爺爺，你很慌張喔。」

「聽到孫女這麼說，任誰都會有這種反應。小姑娘，妳也這麼想吧？」

請不要尋求我的認同。別說是孫子了，我連小孩都沒有。不過，我能理解他想說什麼。

「既然這樣，我去見篝小姐也沒問題吧？」

「……這個嘛，好吧。」

結果，穆穆祿德先生拗不過露依敏，只好答應讓她同行。

「可是，如果有危險，妳就要馬上回來。」

「嗯。」

萬一發生戰鬥，再讓她回來就行了。而且我們也能請她暫時帶櫻到精靈村落避難。這點空檔應該還是有的。

我使用的熊熊傳送門放在神聖樹的結界中，所以我拿出新的熊熊傳送門，連接到篝小姐所在的熊熊傳送門。

我一打開門，被熊緩壓制住的忍便出現在我的眼前。

「妳在做什麼？」

「優奈，救救我吧。」

我看著櫻，用眼神詢問：「現在是什麼情況？」

「呃，優奈大人走進門內以後，感到不可思議的忍就開始調查這扇門了。雖然我有阻止忍，忍卻說『一下下就好啦』。」

櫻模仿忍的口氣，聽起來有點可愛。

「所以，熊急大人和熊緩大人出面阻止，就變成這個樣子了。」

熊緩與熊急擺出「誇獎我嘛」的表情。

「熊緩、熊急，謝謝你們。」

我撫摸壓制著忍的熊緩和一旁的熊急的頭。

「嗚嗚，好重喔。快點救救我啦。」

「咿～」

「牠說『我才不重呢』。」

「不，真的很重啦。牠是熊耶，一隻熊壓在我身上耶。而且竟然會在意體重，熊緩是少女嗎？」

「不知道。」

就算不是少女，被別人說胖也會生氣。無論是誰都不想被評為胖子。

「熊緩，放開她吧。」

「咿～」

熊緩從忍的身上退開。

「重死我了。」

「是忍有錯在先喔。」

櫻用委婉的語氣告誡忍。

「因為這真的很令人好奇嘛。打開門就能前往別的地方，實在太神奇了。」

我也不是不能理解忍的心情。第一次見到魔法、使用魔法的時候，我也很感動。

「小姑娘，我可以走進去嗎？」

「啊，抱歉。可以進來了。」

身在熊熊傳送門外的穆穆祿德先生與露依敏通過門，來到這邊。

「是穆穆祿德嗎？」

「篝？」

篝小姐緩緩靠近穆穆祿德先生。

「你真的是穆穆祿德嗎？」

她再度問道。

「好久不見了。」

「你知道妾身等了多久嗎？你這個大笨蛋。」

篝小姐輕捶穆穆祿德先生的胸口。這是睽違一百多年的重逢，跟我想像的重逢或許是不同的等級。我根本無法想像睽違一百多年再見面是什麼感覺。

「穆穆祿德、穆穆祿德。」

「對不起。」

篝小姐在穆穆祿德先生的懷中啜泣。

我們靜靜地等待，以免妨礙兩人相聚。

「妳好點了嗎？」

過了一陣子，篝小姐放開穆穆祿德先生。

「抱歉，請櫻和忍都忘了剛才看到的事吧。」

「好的。」

「我什麼都沒看到，沒問題。」

兩人假裝沒看到。

她們都很體貼。

「對了，那邊那位可愛的女孩就是小姑娘所說的穆穆祿德的孫女嗎？」

篝小姐看著露依敏。

「呃，是的。我是露依敏。」

露依敏微微低頭，說出自己的名字。

「妳不像穆穆祿德，真是個可愛的孫女。妾身名叫篝，過去曾受穆穆祿德照顧。」

「我叫做櫻。露依敏大人，請多多指教。」

篝小姐報上名字，櫻也一起報上名字了。

「大人？叫我露依敏就可以了。」

露依敏大幅地左右揮手，拒絕尊稱。

「可是，您是過去協助封印大蛇之人的孫女，我不能失禮。」

「我沒有偉大到值得別人這麼稱呼，請別這樣。」

「這樣呀。既然如此，我可以稱呼妳為露依敏小姐嗎？」

「嗯，好吧。我可以叫妳小櫻嗎？」

「好的。」

櫻露出高興的表情。也許她很喜歡別人叫她小櫻吧。

「我是忍。露依敏，請多指教。」

忍倒是很隨興。不過，露依敏似乎並不在意。

「好，也請妳多多指教，忍小姐。」

所有人都完成了自我介紹。

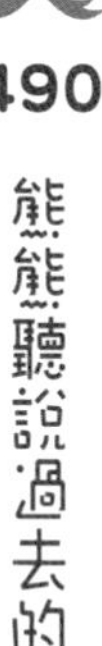

490 熊熊聽說過去的事

「話說回來，穆穆祿德，你老了呢。」

「畢竟已經過了好一段時間啊。如果是人類，早就經歷好幾次世代交替了。過了那麼久，即使是精靈也會老。相較之下，妳倒是一點也沒變。」

「妾身可年輕了。」

豐滿的胸部晃了一下。

「請問，篝小姐並不是精靈吧？」

露依敏問道。

「妾身是狐狸。」

說著，篝小姐動了動耳朵與尾巴。露依敏用好奇的眼光看著她。

「我可以摸摸看嗎？」

「其實妾身不隨便讓人摸的，但既然妳是穆穆祿德的孫女，妾身可以特別允許。」

「非常謝謝妳。」

露依敏一臉高興，但櫻與忍都露出了驚訝的表情。

露依敏沒有注意到她們倆的表情，觸摸篝小姐的狐狸耳朵與尾巴。

「摸起來柔軟又蓬鬆，好舒服喔。」

「因為妾身很用心保養呀。」

我也想摸摸看。或許是注意到我的心聲了，熊緩與熊急從左右兩側磨蹭我。

牠們的意思好像是「要摸就摸我們吧」。

我脫下熊熊玩偶手套，觸摸熊緩與熊急的身體。摸起來軟綿綿又毛茸茸的，非常舒服。

「真的很謝謝妳。」

露依敏似乎滿足了，於是放開篝小姐。

「露依敏真厲害，竟然敢這麼拜託篝大人。」

「我這樣該不會很糟糕吧？」

「不是的，只是我們都很敬重篝大人，不敢提出這種要求。」

「櫻以前不也都吵著要摸妾身嗎？」

「那是因為我當時還小，不了解篝大人。」

櫻鼓起臉頰，這麼否認。

只有我覺得她現在也還是十足的小孩子嗎？

「原來是這樣啊。我什麼都不懂，對不起。」

「呵呵，無妨。」

篝小姐露出溫柔的微笑。

「話說回來，穆穆祿德，把臉湊過來。」

「怎麼了？」

穆穆祿德先生按照篝小姐的要求，把臉湊了過去。

篝小姐溫柔地撫摸湊過來的臉。

感覺有點色色的。

可是，當我這麼想的瞬間，房間中響起拍打的聲音。篝小姐打了穆穆祿德先生一巴掌。

穆穆祿德先生露出一時無法理解發生了什麼事的表情。

「你們竟敢丟下妾身，自己離開這個國家。你知道在那之後，妾身有多麼辛苦嗎！人們將妾身捧為封印大蛇的英雄，讓妾身一個頭兩個大呀。」

「我們有好好跟妳道別吧。」

「是沒錯，但你們怎麼可以在接受國王答謝的前一天晚上逃走？害得妾身只好一個人出面。」

「我們只是流浪冒險者。經過一番討論，大家決定逃走。這件事並不是我一個人的錯。」

「即便如此，為何不帶妾身一起走？」

「妳原本就是住在這裡的人。而且，妳在這裡還有必須守護的事物。所以，我們討論過後，決定自己離開。就算我們邀請妳，妳也會拒絕吧。」

「……確實如此，但妾身還是希望你們能試著邀請。」

「……抱歉。」

穆穆祿德先生把手放到低頭呢喃的篝小姐頭上。

「不過，既然你來了，妾身就原諒你。」

「我也一直很想見妳一面。」

兩人望著彼此的臉，露出笑容。

我將穆穆祿德先生把篝小姐忘得一乾二淨的事情藏在內心深處。因為若是說出這件事，篝小姐就會大發雷霆。我是個懂得察言觀色的女人。可是，現場卻有另一個不懂得察言觀色的女人。

「奇怪？爺爺，你不是剛剛才想起篝小姐的嗎？」

露依敏，我知道妳沒有惡意，但這種時候還是看看氣氛吧。

我也沒辦法護航，結果穆穆祿德先生被篝小姐揍了一頓。

「對了，篝，我聽小姑娘說大蛇快要復活了，真的嗎？」

穆穆祿德先生揉著變紅的臉頰問道。

「沒錯，是真的，你封印牠的魔法陣已經開始衰弱。封印將在近期內解除，使大蛇復活。這個問題本來應該由這個國家的人來解決，卻得二度向無關的你尋求幫助。真的得麻煩你了。」

篝小姐低下頭。

「別這麼說，我們好歹也是曾經並肩作戰的同伴。如果是遠在愛莫能助的地方就算了，但多虧有小姑娘，我才能如此伸出援手。」

穆穆祿德先生牽起篝小姐的手。

「是啊，幫幫妾身吧。」

「而且既然有小姑娘在，總會有辦法的。」

穆穆祿德先生看著我。

「這個打扮成熊的女孩究竟是什麼人？別說這扇門了，連櫻都說她是希望之光。而且她還將妾身認為再也見不到的你帶來了。」

「小姑娘拯救了我的故鄉——精靈村落。我不知道關於這扇門的事，也沒有多問。這就是我與小姑娘的約定。」

「這樣啊，那麼妾身也不會追問詳細情形。光是見到你的奇蹟就足夠了。」

「奇蹟啊，確實沒錯。我也想不到能再見到妳。真是太感謝小姑娘了。」

兩人看著我。

我會害臊的，請不要用那種眼神看著我。

「大蛇的事情晚點再說，首先就從小姑娘的約定開始處理吧。那麼穆穆祿德，你能對妾身等人使用契約魔法嗎？」

「如果妳們答應不說出去，其實不締結契約也沒關係。」

「不，我們會遵守約定。而且，這裡還有個可能說出去的人。」

櫻看著忍說道。

「我不會說出去的啦。」

「我不覺得忍會違背約定。不過，如果是國王陛下的命令，妳就會說吧。」

「這……」

「我並不是在責怪妳。以忍的立場來說，這也沒辦法。所以，優奈大人，請對我們使用契約魔法吧。」

就算忍並不打算說出去，如果是國王的命令，她或許也只能服從。

「既然這樣，只對忍使用就好了。」

「不，我們不能只讓忍承擔。」

「沒錯，妳遵守約定，將穆穆祿德帶來了。既然如此，這次就換妾身等人遵守約定了。妾身等人與忍不同，不打算告訴任何人，所以使用契約魔法也沒有問題，妳不必放在心上。」

「是的，沒有問題。」

「沒、沒有問題啦。」

篝小姐說完，櫻與忍都點頭附和。

「穆穆祿德，開始吧。」

「我知道了。」

穆穆祿德先生從道具袋中拿出地毯，然後攤開。地毯上畫著魔法陣。

魔法陣地毯真的很方便。

接著，在穆穆祿德先生的幫助之下，三個人的契約順利完成了。

熊熊勇闖異世界 18

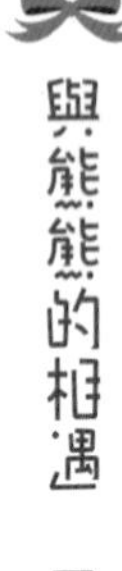

與熊熊的相遇　忍篇①

我相信櫻大人在夢中見到的希望之光，正在等待能夠拯救國家的人物。

我不知道對方是什麼樣的人物，只知道那個人就像溫暖的光芒一樣，會乘著野獸從東方的海面現身。

既然是從海上前來，就表示那個人會搭船。

有些來自其他國家的船會來進行貿易，或是載著乘客造訪這個國家，所以這是最有可能的情況。

不過，目前並沒有船隻靠岸的跡象。

「要來就早點來吧。」

我待在能夠瞭望整面海域的高台，呆呆地望著大海時，發現海上有某種黑色的東西正在移動。

「那是什麼？」

我把望遠鏡拿到眼前，調整焦距。應該就在這附近。

「…………！」

我移開望遠鏡，揉了揉眼睛。

我見到了不合常理的景象。

黑色的熊在海上奔跑，上面還載著一個穿著黑色衣服的人。

熊根本不可能在海上奔跑，而且仔細一看，騎在上面的人還穿著奇特的熊造型服裝。

我再次用望遠鏡窺視。

毫無疑問，黑色的熊真的在海上奔跑。

而且仔細一看，旁邊還有一隻白熊並肩奔跑著。

來自東方海面，乘著野獸的人物。

「太扯了吧。」

這跟我想像的完全不同。

聽說對方是能與大蛇戰鬥的人物，我還以為是帶著凶暴猛獸的男人。

可是，從東方海面上現身的人卻是一個騎著熊且打扮成奇特熊模樣的女孩子。

來自東方海面，帶著野獸的人物——櫻大人所說的希望之光肯定是這個人沒錯。

騎著熊且打扮成熊的女孩左顧右盼，確認四周之後才登上陸地。

「真可疑。」

女孩對熊伸出手，黑熊與白熊就消失了。

「那兩隻熊是召喚獸嗎？」

我也有一隻名叫疾風丸的召喚馬。

既然牠們會消失，肯定是被召回了。

她可能是覺得帶著熊上街一定會引起騷動吧。女孩就這麼朝城市走去。

我離開瞭望台，為了追上女孩而進入城市。

女孩的穿著打扮很引人注目，我馬上就找到她了。

「看起來超顯眼的。」

幾乎每一個路過的人都會轉頭看著打扮成熊的女孩。

女孩走在路上，一臉愉快地欣賞街景。

「她該不會是來觀光的吧？」

女孩走著走著，在一間旅館的門口停下腳步。她先是盯著旅館，然後又馬上走進裡面。

「她要住在這裡嗎？」

其實我很想進到旅館中確認，但現在與她接觸還太早了。

我必須謹慎地行動。

我暫時觀察了旅館一陣子，但她遲遲沒有走出來。

看來她決定住在這間旅館了。

我寫了兩封信，交給聯絡人。

「拜託你了。」

負責聯絡的男人沉默地接過信件，然後離去。

「好了，接下來該怎麼辦呢？」

我不能進入同一間旅館。話雖如此，我也不能離開這個地方。

「只能在外面監視了吧。」

因為女孩可能會從旅館中走出來，我決定在旅館外頭監視。

太陽升起了。

我有點睏。

女孩一次都沒有走出旅館。

出太陽後過了一陣子，女孩走出了旅館。

她穿著與昨天相同的熊造型服裝。

「她很喜歡那套熊衣服嗎？」

女孩朝街上走去，我則保持距離，跟在她的後面。

女孩的熊打扮依然很引人注目，每個路過的人都一定會轉頭看著她。

如果我也在附近看著她，她或許根本不會發現。

女孩把熊臉造型的兜帽往下拉，邁出步伐。

「她該不會也覺得難為情吧？」

既然如此，她為什麼還要打扮成這種可愛的熊模樣？

我疑惑地觀察她，這時她在一家店的門口停下了腳步。

「榻榻米？」

那是一家販賣榻榻米的店。

女孩走進榻榻米店。

我在稍遠的位置窺探店內的樣子。

雖然聽不到對話內容，但我能看到女店員對女孩的打扮露出驚訝的表情。

「畢竟是熊的造型嘛。」

過了一陣子，女孩帶著滿足的表情走出店門口。

我看到她買了將近六十張的榻榻米。她的道具袋裝得下這麼多榻榻米的事情讓我很驚訝，而且她似乎也很有錢。

買完榻榻米之後，她還買了家具，或是向攤販買食物，顯得很開心。

除了打扮成熊的樣子以外，她看起來就只是普通的女孩子。

我實在不覺得她能與大蛇戰鬥。

可是，她最符合櫻大人所描述的形象。

乘著野獸，從東方海面現身。

如果是彪形大漢或是大魔法師般的人，我就不會猶豫了。

可是，她是熊，而且還是可愛的熊。

我無法判斷她究竟是不是希望之光。

「嗯？」

我正感到煩惱的時候，女孩走進了冒險者公會。

冒險者公會？這可不是一般女孩子會去的地方。

她是來工作的？還是來提出委託的？

為了獲得情報，我靜悄悄地追了上去，進入冒險者公會。

因為有個打扮成熊的女孩進門，公會中掀起一陣騷動，沒有人發現我也走進了公會。

我偷偷坐在深處的位子上，觀察情況。

周圍有看不起女孩，甚至嘲笑她的聲音傳來。

真希望他們別說了。

我很煩惱是否該出面制止。

可是，女孩並沒有特別理會他們。

這個時候，一個男人走進了冒險者公會。

他不是冒險者，只是個普通男人。

男人走向櫃檯，向櫃檯小姐搭話。

他似乎是來確認委託狀況的。

他說自己是因為有鐮鼬出現在村子裡，才會提出狩獵的委託。不過，似乎還沒有人接下委託。

鐮鼬的動作很快，攻擊也很難應付，所以沒有一定實力的人是無法戰勝的。

櫃檯的堇小姐環顧四周，表示沒有人能夠承接。

好險。我躲在柱子後面，所以沒有被發現。

我的實力足以打倒鐮鼬。可是很遺憾，現在我沒有時間承接委託。

我現在的工作是調查那個打扮成熊的女孩。

這件事關係到國家的命運。所以，我不能承接其他委託。

我正感到抱歉的時候，打扮成熊的女孩向男人搭話了。

「要不要讓我來？」

她能戰鬥嗎？

不，既然她是出現在櫻大人的夢中的希望之光，應該能戰鬥。

這個機會正好能測試她的實力。

我這麼想，但男人認為打扮成熊的女孩不可能戰勝鐮鼬，於是生起氣來。

我能理解他的心情，可是情況不妙。

再這樣下去，女孩就不會接下委託了。

我開始思考。

反過來想，這是個接近她的好機會。

我從座位上站起，走向他們所在的櫃檯。

「既然如此，要不要讓我也一起去呢？」

只要跟女孩一起行動，就能知道她是什麼樣的人，也能就近觀察她與鐮鼬戰鬥的樣子。

不是我要自誇，這個方法真不錯。

只不過，她會察覺到我的存在，但我遲早也要跟她接觸。

這個時機是最好的。

櫃檯的堇小姐也以我的出現來勸男人放心。

我好歹也是個優秀的冒險者。既然堇小姐願意替我說話，我們應該能一起去狩獵鐮鼬。

我還以為能順利促使女孩接下狩獵鐮鼬的委託，情況卻演變成我得一個人承接了。

打扮成熊的女孩也說「既然如此，那就不需要我了吧」，然後作勢離去。

那樣就沒有意義了。

這下子情況不妙。

我努力轉動頭腦，編了一個像樣的理由，說服女孩跟我一起去狩獵。

「呃，因為這樣一來，就好像我搶走了妳的委託一樣嘛。」

搶走他人的委託是很惹人厭的行為。

然而，女孩卻說：「我不介意。」

這樣可不行。

我又找了更多的理由，好不容易才說服女孩跟我一起去狩獵鐮鼬。

真是好險。

可是，我取得了不少關於熊女孩的情報。

她的名字叫做優奈，冒險者階級是C。

這個年齡就升上C級是很厲害的。可是，這個階級無法打倒被封印的大蛇。

不過，光是得知名字和階級就有進展了。

接下來必須調查優奈的為人，還有她的實力。

我們約好明天一早出發去狩獵，於是優奈走出冒險者公會。我跟在她的後面。

優奈似乎仍住在與昨天相同的旅館。

既然接了同樣的委託，要一起去狩獵鐮鼬的話，就算住在同一間旅館也沒問題。看來今天不必在外面監視了。

優奈明明只有一個人，卻住在附設溫泉的寬敞房間。

真有錢。

我決定住在比較小的房間。

總比待在外頭好多了。

然後，我吃了晚餐，可以睡在與昨天不同的溫暖被窩裡。

可是，我不能在房間裡悠閒地休息，必須盡量多蒐集一些關於優奈的情報。我決定前往優奈的房間。

我沒有發出腳步聲，靠近優奈住宿的房間。

我很擅長偷偷接近目標。

我靜靜地靠近門邊偷聽，正要往內窺視的時候，門突然敞開了。優奈站在門前。

「什麼事？」

被她發現了嗎？

為什麼？

我靠近時明明沒有發出聲音。

而且也消除了氣息。

我並沒有犯下可能會被門內的人發現的失誤。

全身都開始冒出冷汗。

要是引起她的懷疑，那就糟了。

「呃，我想跟妳討論明天的事。」

優奈用懷疑的目光看著我，所以我笑著帶過。

她肯定起了疑心。

優奈說有什麼萬一的時候，她會交給我處理。

因為董小姐的說明，她好像高估了我的實力。

要繼續談下去恐怕很困難。

可是，有一件事非確認不可。

「不過，妳早就知道我來了嗎？」

基於職業性質，我不能不問。

「應該是因為妳的腳步聲很大吧？」

優奈隨口回答。

那是不可能的。她不知道我經歷了多少修行。我那麼小心翼翼地靠近房間，不可能被發現。

優奈絕對隱瞞了什麼。

可是，優奈沒有告訴我任何理由。

雖然我很在意，但繼續追問恐怕也得不到答案，所以我只好放棄，回到房間。

回到房間的我將今天一天的事情寫成報告書，請負責聯絡的男人交給櫻大人與國王陛下，結束今天的工作。

這天晚上，我久違地睡了個好覺。

與熊熊的相遇　忍篇②

隔天，吃過早餐的我前往我跟優奈約好會合的旅館玄關，看見旅館女兒——心葉正在打掃。

「您要外出嗎？」

一發現我，她便對我打招呼。

「我要等優奈來。她應該還沒來吧？」

「是的，我還沒有見到她。」

我決定稍微蒐集一點關於優奈的情報。

「從心葉小姐的角度來看，優奈是什麼樣的人呢？」

對於我的問題，心葉開始思考。

「兩位不是認識嗎？」

「我昨天才剛認識優奈。不過，我們今天要一起出門，所以想多了解一點關於優奈的事。」

「原來是這樣呀。總而言之，她好像很討厭被問到關於服裝的事，所以還是別問起這件事比較好。」

果然不行啊。

我一直很好奇，優奈為什麼要打扮成熊的樣子。

根據櫻大人的夢，除了我以外的人接近，都會讓乘著野獸的希望之光消失在東方的海上。

搞不好是因為其他人遇見優奈，就會問起關於那身熊打扮的事，優奈才會離開這個國家。

「可是，妳也很好奇她為什麼要打扮成熊的樣子吧。」

看到優奈的打扮，應該所有人都會這麼想。

「可是，她辦理住宿的時候，一開始就說她『不會回答』了。」

原來心葉也曾經想問啊。

既然優奈表現出抗拒的態度，我最好還是別問起關於那套熊衣服的事。

如果隨便發問而惹毛她，讓她決定離去的話，那就大事不妙了。

在優奈抵達之前，我繼續跟心葉閒聊，同時蒐集關於優奈的情報，這時我看見優奈從深處的通道走了過來。

今天的她也打扮成一副熊的樣子。

好可愛。

這麼可愛的女孩子竟然是能拯救國家的希望之光，我實在看不出來。

然後，為了前往遭到鐮鼬襲擊的村子，我跟優奈一起來到城外。

優奈問我打算怎麼前往村子。我知道優奈能召喚出熊。可是，只有看到她從海上跑來的人才會知道那兩頭熊的事。

所以，我不能主動提起。

因此，如果我召喚出馬，優奈也很有可能會召喚出熊。如果她打算隱瞞，只要用我的馬載優奈就行了。

不同於我的擔憂，我召喚出名叫疾風丸的馬之後，優奈也坦然召喚出黑熊了。

牠的名字叫做熊緩。

這麼可愛的名字不太適合熊。雖然我也對白熊很好奇，但因為優奈沒有召喚，我也不能發問。

然後，騎著馬與熊的我和優奈朝鐮鼬出沒的村子出發。

我們一邊前進，一邊聊到接下來要狩獵的鐮鼬。優奈好像真的對鐮鼬一無所知。明明不清楚，她怎麼還是一派輕鬆的呢？

這表示她對自己的實力很有自信嗎？

還是說，她只是太過自大？

看過她跟鐮鼬戰鬥的樣子之後，一切就會真相大白了。

抵達村子後，向冒險者公會提出委託的男人前來迎接了。

他看著我們，露出不放心的表情。

我們是兩個女性冒險者，而且兩人都只有十幾歲，其中一人還打扮成可愛熊熊的樣子。如果我是他，我也會感到不放心。

我和優奈在男人的帶領之下前往鐮鼬出沒的地點。

我們來到一處草原地帶，眼前有許多牛隻。另外，靠近森林的遠處只有一頭牛。

優奈好像也注意到了，於是向委託人發問，委託人說那頭牛是用來引誘鐮鼬的犧牲品。

為了拯救多數的生命，犧牲個體。

這種情況很常見。如果要拯救每一個個體，就會造成更多傷害，失去許多事物。這麼做或許很殘酷，但也是為了生存下去的必要手段。

這個時候，優奈的熊叫了。

優奈同時朝遠處的牛飛奔而去。她的反應很快。我立刻跟上優奈。

好快。

我光是要追上她就用盡全力。

她明明穿成那副難以活動的樣子，為什麼能跑得這麼快？

牛倒了下來。

我們沒能及時趕上。

倒地的牛附近有幾隻鐮鼬。

看到我們靠近，鐮鼬便兵分二路。

牠們可能是想從左右兩側夾擊跑在前方的優奈。

我真正的目的是確認優奈的實力，但爭取她的信任也很重要。

我從優奈後方對她喊道：

「右邊交給我對付！」

優奈馬上理解我的意圖，朝左邊奔去。

腦袋轉得真快。

我一邊在旁邊觀察優奈的戰鬥，一邊對付鐮鼬。

兩隻鐮鼬開始在我的周圍移動。牠們不規則地移動著，但我看準時機，擲出三支苦無。苦無與小刀不同，不容易折斷，是一種便於使用的武器。我的三支苦無刺中一隻鐮鼬。先解決一隻了。

優奈也用風魔法打倒了鐮鼬。

她會用風魔法啊。

用魔法擊中快速移動的鐮鼬是很困難的事。光是如此就能知道她的實力有多麼高強。即便如此，若要問這個程度的實力是否能打倒大蛇，我也只能說不知道。

我和優奈各自打倒一隻鐮鼬之後，剩下的鐮鼬或許是自知沒有勝算，所以逃進了森林。

我和優奈談起接下來的對策。一般來說，最好能在草原等待鐮鼬襲擊牛隻，趁機打倒牠們。

好處是能在視野寬廣的地方戰鬥。壞處是不知道牠們何時會來，所以很花時間。

優奈好像也有同樣的想法，因為覺得等待很麻煩，她提議到森林裡打倒鐮鼬。

普通人根本不會這麼想。

森林裡是鐮鼬的地盤。牠們會從草叢或樹木之間發動攻擊。

地形對我們來說是壓倒性地不利。

可是，優奈說她召喚的熊會告知鐮鼬的位置，所以沒問題。

不，就算熊真的能辦到那種事，難道她聽得懂熊的語言嗎？

優奈說她即使一個人也要去。

我總不能讓優奈獨自行動，所以我也跟過去了。

多虧熊緩的幫助，優奈確實找出了躲起來的鐮鼬，然後一一打倒。

正當我們以為能順利打倒所有鐮鼬的時候，帶著銀色毛皮的鐮鼬現身了。而且還有兩隻。

帶著銀色毛皮的鐮鼬與普通的鐮鼬不同，速度與攻擊力都強上好幾階。

該怎麼辦呢？

雖然這是確認優奈實力的好機會，但兩隻會有危險。經過思考，我決定對付其中一隻。

然後，優奈將普通鐮鼬交給熊緩對付。

我心存感激。如果對付銀色鐮鼬的同時還要對付普通鐮鼬，情況會很麻煩。

優奈或許是不放心只有熊緩在，所以召喚了另一頭白熊。

牠的名字叫做熊急。

這隻熊的名字也很可愛。

雖然我很想詢問關於白熊的事，卻沒有時間。

我一邊對付銀色鐮鼬，一邊觀察熊緩與熊急的戰鬥。

如果牠們遇到危險，就由我來保護牠們。

擔憂沒有成真，我打倒銀色鐮鼬的時候，優奈也打倒了銀色鐮鼬，就連熊緩與熊急都打倒了出現在自己面前的銀色鐮鼬。優奈對熊緩與熊急跟銀色鐮鼬戰鬥的事情感到生氣，但我知道熊緩與熊急是為了保護優奈才會跟銀色鐮鼬戰鬥。牠們是很為主人著想的好熊。

這次的戰鬥讓我知道，優奈確實有實力，而且她的兩頭熊也很強。

她的魔法技巧、戰鬥能力、心智強度、判斷力、思考速度都很優秀，重點是很習慣戰鬥。人感覺到危險的時候，表情會緊繃，精神會緊張，呼吸會混亂，心思會疲勞。可是，從優奈的表情看不出類似的跡象。

只有兩者的實力有著壓倒性的差距時，才能表現出如此泰然自若的樣子。

既然已經知道優奈很強，就得進入下一個階段了。

我開始緊張。

為了證實優奈就是希望之光，最後一關就是讓她與國內數一數二的強者——我的師父十兵衛戰鬥。

贏不了師父的人不可能戰勝被封印的大蛇。如果優奈輸給師父，我們就不會承認她是希望之光。

到時候我們會當作一切都沒有發生，請她回到自己的國家。

這也是為優奈好。

打扮成這種可愛熊模樣的女孩，還是不要涉入他國的問題比較好。

不過，如果她是能勝過師父的強者，即使要獻出我的性命，我也要拜託她。

為了櫻大人，為了保護這個國家，我的一條命根本不算什麼。

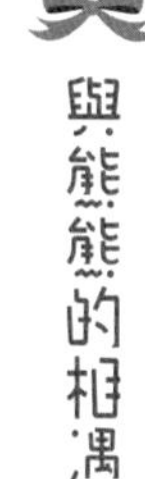

優奈相信我的謊言，以為名叫十兵衛的人真的是我的殺父仇人，於是跟我一起尋找他。
欺騙了善良的優奈，我感到心痛。
如果優奈得知真相之後，對我有所怨恨，那也沒辦法。
可是，為了櫻大人與國家，我必須善盡自己的職責。

我撰寫報告書，安排優奈與師父戰鬥。
戰鬥的日期是兩天後。
第一天是名為探索的城市觀光。
一下子吃美食，一下子觀賞糖藝品。除了服裝以外，優奈就是個普通的女孩子。
我希望優奈能自由自在地逛街，喜歡上這個國家。
就算她恨我也沒關係，如果她是希望之光，我希望她能保護這個國家。

然後，今天是開始探索的第二天。

按照事前安排，師父應該會出現在這附近。

找到了。

正如預訂計畫，師父走在街上。

師父因為臉頰上有傷疤，長相看起來更凶惡了。不過，他其實是很善良的人。

我告訴優奈，自己找到人了。

優奈原本想立刻抓住他，但在這裡可不行。

在有人經過的地方會引起騷動。

師父來到人煙稀少的小巷裡，回過頭來。

接下來，我要跟師父展開一場賭上性命的戰鬥。

如果看到我和師父認真戰鬥的樣子，優奈就逃走的話，我們不打算追上去，而是任由她離開。

看到我和師父的戰鬥就會逃走的人，不可能賭命與大蛇戰鬥。我的內心一方面希望優奈逃走，一方面又希望她留下來見證我的戰鬥。

我與師父拿出全力戰鬥。

師父拔刀，我也舉起小刀。師父的左眼戴著眼罩。這是師父的訓練方式，也是他的束縛。

我從師父戴著眼罩的左側發動攻擊。

雖然眼罩會縮小視野，但師父並沒有弱到使用這種招式就能贏。

雖然我已經看過師父的動作好幾次，今天的師父卻特別敏捷。只要一個不注意，身體就會被刀刺中。

我不時穿插魔法，對抗師父。

優奈沒有逃走，在一旁看著我們的戰鬥。

如果是普通的女孩子，應該早就嚇得逃走了。可是，優奈很專心地看著我與師父的戰鬥。

這就表示她不是普通的女孩子。

我與師父的戰況漸漸開始由我占上風。

當我覺得自己就快要有機會砍到一刀的時候，師父取下了眼罩。

真可惜。

我本來想先砍到一刀，再讓他取下眼罩的。

可是這麼一來，師父就會變得更強。

優奈，妳要好好看著。

取下眼罩的師父沒有了束縛，攻擊速度變得更快，我方的攻擊也變得更難命中。

唯一有勝算的敏捷身手也因為閃躲師父的攻擊，漸漸消耗體力，使動作變得遲鈍。

師父放低重心。

糟糕，師父的突刺要來了。

或許是跟我一樣從師父的架式察覺到危險了，優奈對我大叫：

「忍！快逃！」

為什麼她知道？

接下來，刀會以驚人的速度朝我突刺。

因為我知道，才能勉強反應過來。

我一邊投擲苦無，一邊逃向後方。師父刺出的刀彈開了苦無。可是，師父的突刺還沒有結束。總共有三次。我逃向後方。就算只有一點點，就算只有一張紙的厚度，我也要遠離師父的攻擊範圍。

我用手上的苦無抵擋第二次攻擊。

可是師父的第三次攻擊立刻朝我逼近。我躲不掉。刀刺中身體，引起一陣疼痛。

不過，並沒有造成致命傷。

如果衣服裡面沒有穿著祕銀製的鎖子甲，情況就危險了。

優奈擔心地飛奔過來。

可是，現在還不到優奈出場的時候。

我還沒有讓她看到師父的全力。

我舉起小刀，師父就以突刺的架式回應我了。

好像不太妙。

師父的突刺朝我襲來。

真不甘心，到此為止了嗎？

就算內心想要行動，身體也動不了。

當我放棄的時候，優奈介入我與師父之間，彈開了師父的刀。

優奈的右手握著一把小刀。

她竟然彈開了師父的突刺？

「優奈？」

「該換手了。」

看過我與師父的戰鬥，她還有辦法這麼說嗎？

我還以為優奈會逃走，或是勸我投降。

可是我錯了。她說：「該換手了。」

我的眼眶開始泛淚。

我再次為自己欺騙優奈的事感到心痛。

可是，我不能停手。這件事關係到國家的命運。

「……優奈，他很強喔。」

師父很強。

「我都看到了，我知道。」

她明明知道，卻還是能說出這種話嗎？

「忍，妳就好好休息吧。」

優奈對我微笑，站到師父面前。

優奈的這個笑容就像真正的希望之光。

師父與優奈開始對峙。

優奈舉起小刀。

用武器來對付師父是沒有勝算的。她難道沒看見我與師父的戰鬥嗎？

優奈原本不是擅長用魔法戰鬥的冒險者嗎？

無視於我的擔心，優奈與師父展開攻防。

接下來是一幅令人難以置信的景象。

她用那身看似難以活動的熊裝扮躲開了師父的攻擊，把刀彈開。

她能看清師父的攻擊？

如果是第一次與師父戰鬥，幾乎所有人都會被第一刀打敗。可是，優奈反覆閃躲或是化解了師父的攻擊。

我曾經數度與師父交戰，知道他的攻擊習慣，所以才能勉強應付。

即使如此，如果稍有不慎，那把刀還是會逼近到眼前。

所以，優奈現在所做的事情有多麼厲害，曾與師父戰鬥過的我很清楚。

重點是，她不怕嗎？

被他人刀劍相向，任誰都會害怕。

可是，她沒有逃避師父的刀法，而是正面接下師父的攻擊。

師父笑了。

既然師父會笑，就表示他很享受這場戰鬥。

師父放低重心。

那是三段突刺的架式。

他打算拿出全力，測試優奈是否有資格與自己對等地戰鬥。

師父開始行動。他邁出步伐的同時，舉刀向前突刺。

好快！

師父與優奈的距離一瞬間縮短。

優奈用小刀正面彈開高速逼近的突刺。

師父手中的刀大幅偏移，失去了平衡。

原本是馬上收刀再突刺，才是所謂的三段突刺。然而，因為刀被使勁彈開，師父往後仰，沒

能使出三段突刺。

優奈明明只看過一次剛才的三段突刺，卻已經想到應對方法，大幅彈開了師父的刀，不讓他使出第二次攻擊。

說起來很簡單，但普通人根本辦不到。

除非準確地將刀彈開，否則師父不會失去平衡。

彈開高速突刺的刀本來就是很難的事。可是，她卻在完美的時機將刀彈開，而且力量足以令師父失去平衡。

由於身體往後仰，師父變得破綻百出。優奈收回用小刀彈開攻擊的手，往前踏出一步。然後，她用握著小刀的手朝師父露出破綻的腹部一揮。

一連串的反擊都沒有多餘的動作，非常流暢。

小刀刺中師父的腹部。

不，是毆打。

優奈沒有使用小刀。

她只是用握著小刀的手毆打師父而已。

被毆打了腹部的師父往後彈飛，但沒有倒地。他用手臂擋住了優奈的攻擊。

師父很厲害，但優奈更厲害。

面對師父，她竟然還能占上風。

真是不敢相信。

可是，師父認為自己被放水，因此笑了。

優奈用握著小刀的手毆打師父。

如果她不是用那個奇怪的熊手套打人，而是用小刀砍人的話……

師父的手臂或許會變得再也無法握刀。一個不小心的話，甚至有可能死亡。

我發現優奈是為了遵守與我的約定，所以才沒有殺死對方，而是為了抓住對方而戰鬥。

我的心又開始痛了。

師父拔出短刀。

他認真起來了。師父真的認真起來了。

手持兩把刀的師父很強。他會從哪裡發動攻擊，沒有人知道。眼睛只能注意其中一把刀，很難看清兩把刀的軌跡。

反過來說，運用起來也很困難。

可是，優奈就像是要應付這一招，取出另一把小刀，用兩手握住。

她所做的事真的令人難以置信。

有些人會模仿師父的二刀流，但這不是能輕易做到的事。

師父的嘴角揚起笑容，同時採取行動。

優奈也一樣採取行動。

優奈能看清來自左右的刀刃。她閃躲、抵擋、化解了攻擊。防禦的一方是壓倒性地不利。

可是，優奈卻能應付師父的兩把刀，雙方勢均力敵。

能跟師父戰得如此平分秋色的對手究竟有多少人呢？

師父似乎很享受。

然後，這次換優奈開始發動攻擊，使師父漸漸居於下風。

我無法相信自己親眼所見的景象。

優奈不使用魔法，與師父使用條件相同的武器來戰鬥。在受到限制的情況下，她卻還是這麼強。

優奈開始占優勢的時候，師父放出煙霧彈逃走了。

可是優奈沒有被煙霧彈嚇到，把我交給熊緩，追上了師父。

她的動作毫不猶豫。

普通人突然見到煙霧彈都會驚訝，接下來的行動也會慢半拍。可是，優奈立刻作出了判斷。

而且，她還有餘力顧慮到我。不只是眼前的事，她也會注意周遭的狀況。人專心戰鬥的時候，很容易忽略周遭的狀況。

優奈總是令人驚奇。

我試圖追上他們兩個人，熊緩卻阻止我。

「拜託你，我一定要去。」

「咿～」

熊緩搖搖頭。

看來牠真的聽得懂我說的話。

「你不也會擔心優奈的情況嗎？我不會靠近的，拜託你。」

我雙手合十，拜託熊緩。

「咿～」

或許是能體諒我的心情，熊緩坐了下來。

「你要載我嗎？」

「咿～」

「謝謝你。」

載著我的熊緩明明已經看不見兩人的身影，卻還是毫不猶豫地開始追逐師父與優奈。

這就是掌握鐮鼬位在何處的力量。除此之外，我偷偷去窺探優奈的房間時，也是因此才會被發現的。

或許是因為氣味的關係吧。

我們來到一個寬敞的地方。

優奈與師父正在交戰。

師父用刀放出風魔法。那種風刃的威力是鐮鼬無法比擬的，就連鐵製鎧甲都能輕易切開。

可是，優奈也用自己的魔法抵銷了風刃。

她真的很強。

在戰鬥中，師父稍微瞄了我一眼。

要來了。

師父對騎著熊緩的我放出風刃。

這麼做是為了激怒優奈。可是，我會負責擋住這次的攻擊。

不過，熊緩叫了一聲，輕巧地躲開了師父的風魔法。

但這麼做已經足以惹毛優奈。

師父或許會死。

優奈就是如此憤怒。

優奈把手舉向前方，師父的周圍便出現高大的熊。

熊形成的牆壁讓師父無處可逃。

優奈一口氣逼近師父。

師父為了應戰，以最快的速度揮刀。可是，優奈連這一刀都彈開了。

好厲害。

然後，她毆打了師父露出破綻的身體。

她戰勝了師父。

我真是不敢相信。

她以壓倒性的實力差距勝過了師父。

不只是在武器方面技高一籌，在魔法方面也大獲全勝。而且，她的心智很堅強，又懷有善良的品德。

無論是誰都會承認優奈是希望之光。

好了，接下來才是問題所在。

道歉的話，她就會原諒我們嗎？

一想到自己肩負國家的命運，我便感到沉重。

就算她想要我的命，我也不能拒絕。

交出我一個人的命就能解決的話，根本不算什麼。

可是，雖然才剛認識幾天，我卻已經知道優奈不會做出那種事。我第一次見到如此善良、強大又不可思議的女孩子。

「那麼，請妳好好解釋一下吧，忍。」

優奈用恐怖的表情看著我。

她明明打扮成這麼可愛的樣子，卻令人害怕。

我要更正自己剛才覺得不會被殺掉的想法。

我搞不好還是會被她殺掉。

後記

我是くまなの。感謝您拿起《熊熊勇闖異世界》第十八集。

時間過得真快，自從電視動畫播出之後已經過了一年。我覺得好像不久前才播出而已。另外也有許多周邊商品上市，讓我有說不完的感謝。

應該也有讀者想知道關於動畫第二季的消息，我只能說目前正在如火如荼地製作中。身為作者，如果有什麼能夠參與的部分，我也會盡量提供協助。敬請期待。

本集的內容是新的國家——和之國的故事。密利拉鎮會向和之國進口醬油、味噌等產品。移動島嶼塔古伊偶然靠近了這個國家，讓優奈有機會前往和之國。

優奈一下子欣賞和之國的建築物，一下子逛街購物，享受觀光的樂趣。優奈玩得正開心的時候，一名穿著忍者服的可疑女孩接近了她。這名穿著忍者服的女孩將會與優奈一起行動。

然後，穿著忍者服的女孩會拜託優奈拯救這個國家。希望大家會喜歡優奈在和之國展開的全新冒險。

最後我要感謝在出版過程中盡心盡力的各位同仁。

感謝029老師總是替這部作品繪製漂亮的插畫。您這次也描繪了許多可愛的女孩子，非常感謝您。

感謝編輯總是包容我的錯誤。另外還有參與《熊熊勇闖異世界》第十八集出版過程的諸多人士，感謝你們的幫助。

感謝閱讀本書至此的各位讀者。

那麼，衷心期待能在第十九集再次相見。

二〇二一年十二月吉日　くまなの

國家圖書館出版品預行編目資料

熊熊勇闖異世界 / くまなの作 ; 王怡山譯
. -- 初版. -- 臺北市 : 臺灣角川股份有限公司,
2022.12-
冊 ; 公分. -- (Kadokawa fantastic novels)
譯自 : くま クマ 熊 ベアー
ISBN 978-626-352-076-9(第18冊 : 平裝)

861.57 111016974

Kadokawa
Fantastic
Novels

熊熊勇闖異世界 18

(原著名：くま クマ 熊 ベアー 18)

2022年12月14日　初版第1刷發行

作　　者：くまなの
插　　畫：029
譯　　者：王怡山

發 行 人：岩崎剛人
總 編 輯：蔡佩芬
編　　輯：邱瓈萱
美術設計：黃永漢
印　　務：李明修（主任）、張加恩（主任）、張凱棋

發 行 所：台灣角川股份有限公司
地　　址：104台北市中山區松江路223號3樓
電　　話：(02) 2515-3000
傳　　真：(02) 2515-0033
網　　址：www.kadokawa.com.tw
劃撥帳戶：台灣角川股份有限公司
劃撥帳號：19487412
法律顧問：有澤法律事務所
製　　版：尚騰印刷事業有限公司
ISBN：978-626-352-076-9